诗想長安

——福建师范大学南方诗社作品选

伍明春　曾章团　主编

海峡出版发行集团
海峡文艺出版社

图书在版编目(CIP)数据

诗想长安/伍明春,曾章团主编. 一福州:海峡文艺出版社,2017.11
ISBN 978-7-5550-1228-3

Ⅰ.①诗… Ⅱ.①伍…②曾… Ⅲ.①诗集一中国一当代 Ⅳ.①I227

中国版本图书馆 CIP 数据核字(2017)第 162558 号

诗想长安

——福建师范大学南方诗社作品选

伍明春　曾章团　主编

责任编辑　林　滨　任心宇
出版发行　海峡出版发行集团
　　　　　海峡文艺出版社
经　　销　福建新华发行(集团)有限责任公司
社　　址　福州市东水路 76 号 14 层　　**邮编**　350001
发 行 部　0591-87536797
印　　刷　福州力人彩印有限公司　　**邮编**　350012
厂　　址　福州市鼓楼区福飞路义井村池前 10 号鼓东工业小区
开　　本　787 毫米×1092 毫米　1/16
字　　数　400 千字
印　　张　24.5
版　　次　2017 年 11 月第 1 版
印　　次　2017 年 11 月第 1 次印刷
书　　号　ISBN 978-7-5550-1228-3
定　　价　68.00 元

南方诗社的诗人们，从长安出发，继承前贤，在诗歌创作道路上勇于探险，开辟一片艺术新天地

孙绍振

2017.8.

福建师范大学博士生导师孙绍振教授题词

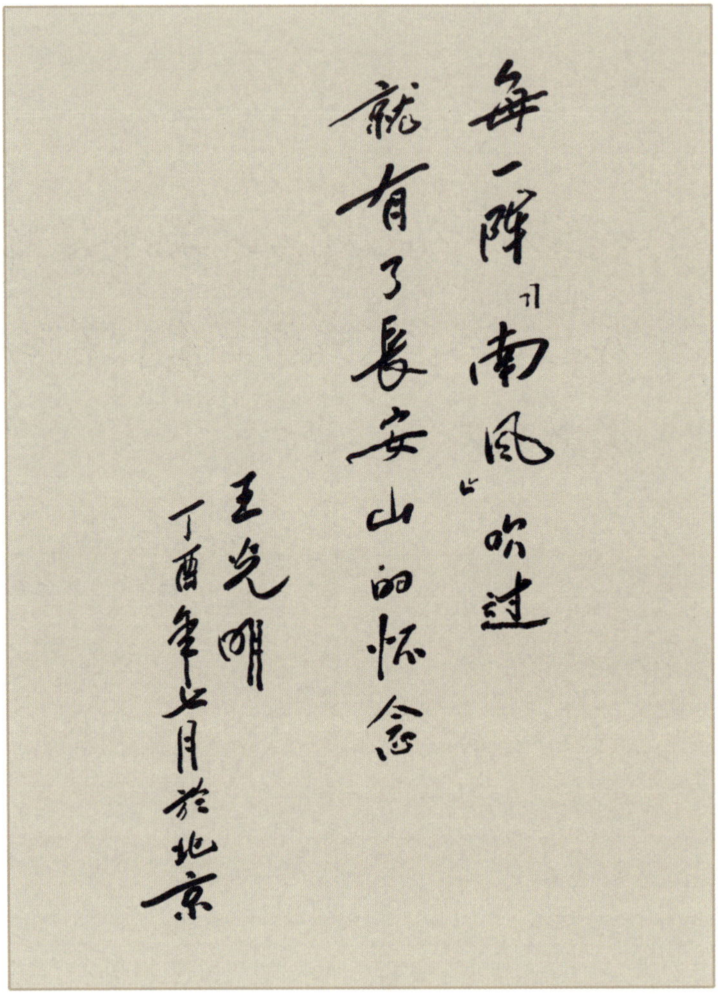

首都师范大学博士生导师王光明教授题词

目　　录

陈家平的诗

陈家平 中文系1979级学生，南方诗社第一批成员、第一任常务副社长、诗报《南风》主编。后在中学和高校任教。现从事纪录片创作与研究，为泉州广播电视台高级编辑。

瘦 马

敢于走在最后
带来小桥 流水 人家
马背上的水手
看看云
那是逝去的铅华
看看山
那是大地的锁骨
长长的嘘声
让你想起丘陵的形状
毛鬃飘荡
风起江湖
扬起刀声剑影
沉重足蹄
敏感不钝
你知道路途和流年有关
不惫之旅

潜伏着意志
你孤独时
就靠在断墙
读一读身后的夕阳
血铺在天边
那是人间的嘶杀
而你
萧萧远走
一路上草书踪迹
便成诗行

距　离

以后的故事
还静待于公园里
等下一个续篇

你终于没来
椅上那对优美的坐姿
从此空缺

我依然固执守望
树梢上
呢喃的情节

风从高处传说
椅的距离

猜不透靠拢的可能

1993.5.14

端午的粽

端午的粽
包着诗
裹着人间烟火
漫漫的路
如绳系紧
路的尽头
只有屈原大夫
爱恨缠绵地说一句
离骚
粽里的香气
便升腾千年
只问个人抱负
不见官场路险
为风雨飘摇的一顶黑色帽子
多少人投江自尽
多少人归隐山林
在一个拥挤的早起
我一口吃了九歌
咽下肚
还不知道
是殉国还是殉情
我满腹疑团

就写下九十九首泪痕

其实
人生如水混浊
无需
满腹拷问
满腔痛楚
我只想在龙舟竞渡之时
不因一时的失意
忘记了剥开绿叶
咬一口米香

冲　浪

淹没并不可怕
可怕的是失去海洋
大自然的呼吸
人类长长的吟叹
连陆地也展示不了高度

狂涛可以压抑你
高潮可以埋没你
你亢奋独立潮头
夹缝求生

生活本就是搏击
浮沉不由命运掌控

木　偶

无形的提线
有形的做作
他能扮演形形色色的面孔
包括他自己
他活在别人的掌中
生命存在于戏弄

他有感觉
但感觉只属于观众
有声音
但声音来自导演
有表情
但固定在脸谱
人生就是舞台
每人只演一部戏
他似乎什么都有
又什么都没有
他不喜欢书呆
最麻木的却是自己

1997.12

家　谱

把脚趾头
一根根
种在

遥远的旅途
留下痕迹
就叫家谱

用手掌
一次次
沿着
树皮
往下面细看
就叫寻根

无论你身处何方
隔山隔水
姓氏　是长在门楣上的草
衍派流芳
找到家
就找到澎湃不绝
的乐谱

1999.12

林来梵的诗

林来梵　政教系1979级学生，南方诗社第一批成员、社刊《南风》编委。后留学日本。现从事法学研究与教育工作，系清华大学法学院教授。

进入鱼的感觉

诗人们走过这么委婉的回廊
他们透明、脆弱
像一排中午落地窗的玻璃
被迫映照着都市无限充血的街景

当
许多法学的概念
顺着抽象的藤蔓
爬过庄园的围墙
中国
节约了一次暴力革命
而大街不断编辑着众多的拜物教
犹如电脑的软盘
收存起飘荡的鱼群和它们后面的蛋蛋

窗外的世界

反弹着这座冰厅
三个有关甲壳虫的可能性
扩散在
那杯午夜红茶的色调里

对面的视线
越来越狡黠
如带红的女人所走过的道路一样意味深长
却可有可无
这表明我们现在的这座房子
已摇晃成一个鱼缸
你通过自己食物的走道
进入可以欺骗的森林
沉思默想

但其实你正注视着别人面前的汉堡包
那种肉感形态的边缘
切入了男人的联想
你越过两座丰满的山岭
才知道那是一对猩红的嘴唇
彻底回荡完你漫长的足音
便隐没于鱼的感觉

狗 的 主 题

当我们现在还没有宗教的时候
狗啊

你将怎样度过这遥遥无期的冬天
你那样地无赖
那样地贼头贼脑
我的诗中从来就游荡着你的主题
整个城市都游荡着你的主题

一个除夕的钟声就要响了
狗啊
你无声无息地来到无人的角落
打转一圈
趴下
那双与世界无关的眼神
充满着我的悲哀

我们都厌倦了人类的种种神话
我们都无所归属
当你问津某条慈悲的裙底
我知道你和我一样都并非真正需要主人
你孤独地小便
呈三足鼎立
暂定人类无法理解的格局

狗啊
我的贼头贼脑的朋友
你垂涎屠门
屠门垂涎你的皮
人类的赞歌相互雷同
恰似我们一览无余的肋骨

我们应该绕开这个世界
绕开所有的嘴脸
不要作声

公的蜡黄的瘦狗

公的　蜡黄的　瘦狗
姑且是公的
姑且是蜡黄的
姑且是瘦狗

人间里剩余的悲哀
借一张狗的癞皮
囊括起来
游逛
这便是公的　蜡黄的　瘦狗
它以一条狗的形态
出没于闹市
却又回归陋巷
避开人影
却又觊觎腮帮
与月色冲突
却又没有思想

公的　蜡黄的　瘦狗啊
当你越过许多篱笆的时候
你不必像人类那样为你的原罪而去掩饰什么倒影

因为
月蚀总是像勋章一样被颁发给天空
人类总是在他们的一次祷告与另一次祷告之间堕落
骨头也总是随洪荒时代的河流一起泛滥
而现在
上帝叫你哑忍成为一条癞狗
故意混迹于这个世界
游荡

也许
你会暂且遭遇鞋尖
也许
你会暂且遭遇棍棒
但反正你是公的
反正你是蜡黄的
反正你是瘦狗
没有其他更加彻头彻尾的伪装

庄伟杰的诗

庄伟杰 闽南人，中文系1980级学生。旅澳诗人作家、评论家、书法家，文学博士，复旦大学博士后。大学时代曾任福建师范大学南方诗社第二任社长兼《南风》诗刊主编。现为华侨大学教授、浙江越秀外国语学院特聘教授兼学报主编，澳洲华文诗人笔会会长，中外散文诗学会副主席。著有诗集《神圣的悲歌》《从家园来到家园去》《精神放逐》，散文诗集《别致的世界》《岁月的馈赠》，散文集《梦里梦外》，评论集《缪斯的别墅》《智性的舞蹈》《流动的边缘》《文心与诗学》《海外华文文学知识谱系的诗学考辨》等十数种，另有书法集若干种。曾获第十三届“冰心奖”理论贡献奖、中国诗人25周年优秀诗评家奖、中国当代诗歌奖（2013–2014）批评奖等多项文艺奖，作品及论文入选百余种版本，有诗作编入《海外华文文学读本》等大学教材，至今发表300余篇学术论文和文艺评论。

锯或者舞蹈

不断地锯。锯成锥的形状
重要的是，恰到妙处。譬如——
对一棵生长的树，锯掉所有的多余
精心修剪，进行强化
留存下最坚硬的主干和枝丫

灵魂的锥体，敏锐、晶锐、劲锐
可以竖着放、横着放、倒过来放
双手像抓住利器，反复琢磨
镶满了风吹活的词花
复活一束飘忽的往事或记忆
删繁就简的造型，就这样
舞蹈起来，仿佛心的搏动和颤音

白天的喧哗渐渐消隐之后
夜色和锥体一样变得尖锐无比
深入，洞悉，切剖，隐隐作痛
展开自我放逐，我要锯开自己
锯开这俗世中尚存的某种定式

远行或归来

像一次远行　携带
沉重的行李　连同殷切的目光
以候鸟迁徙的方式　从北到南
把孤魂流放在另一个半球

所有铺开的路　显得
如此陌生　梦更是遥不可及
一切似乎都不属于我们
只属于南十字星空下的奇花异草

时光无声无息地奔跑

眼神在不安中四处流窜
深度地吸吮异国阳光的辐射
如同疲惫的灵魂漂在水里

在都市流浪的头顶
在生长 ABC 的空间
只看到自己表情的花瓣　正在
凋零　心空的月亮日渐消瘦

那份魂牵梦绕越积越厚
在无数个深夜静静地绽放
原来自己终究无法走出自己的身份
归来　在梦醒后构成温暖主题

悉尼的颜色

这里的天是蓝的　海是蓝的
连白皮肤的眼睛也是蓝的
一年四季都倚靠在湛蓝的背景中
而我似乎笼罩着一种蓝色的忧郁

这里的树是绿的　草是绿的
挨家挨户都拥有一片绿地
连风吹起的声音也涨满绿的波纹
且常常把我的愿景吹得绿油油的

这里的羊群是白的　云朵是白的

连活着的时间也延宕一种白
每一个白天无论是阴是晴都很白净
让我在梦里乡关静卧成李白的月光

瓶　　子

我的脑袋瓜　是一只
盛满方块字的瓶子

甫一学会点横竖撇捺
头顶的天空便闪烁星星之火
刚刚学会爬格子挖心思
腹部之地尽是丘壑云烟
走进社会站上讲台
张口闭口　信手拈来
都是那一个个充满
青铜气息和甲骨味道的
蜻蜓蝌蚪蝴蝶的家族们
四处横空飘浮

如今　我走出家园四海浪游
仍然依杖着一连串方块
四平八稳　踽踽独行
走出所有的陌生和街头
许多新鲜异味的东西
也因此与我　失之交臂

哦，我是一只装满方块意念
漫溢四流的瓶子

在纸心上行走的墨水

借异国的夜，灯光下
重温久违的宣纸，挥毫研墨
在纸心上行走的墨水
俨若我浪迹的孤魂，幽幽弥散开来
渐渐地，变成流动的点线波磔

一尾尾弄潮的鱼儿径直向我游来
一根根黑头发飘逸触手可及的意象
一只只熟悉而陌生的黑眼睛，在灯光下
让我久久地凝神回望

亲泽这墨香纸香，学会孤芳自赏
在夜里，仿佛洞开了一瓣心香
轻轻抚摸，灵魂被弄得湿漉漉的
隐约发现，满纸似有自己的身影
或者，铺展着自己的血脉和气息

墨色般的深夜，四周沉寂
屏住呼吸，感觉自己像一砚墨水
在纸心上随情任性地独舞，自在而逍遥
是前世的回光返照，还是今生的投影
一派微茫，一片悠远

寄居异域的夜，点亮灯光
我就是那经年四处流浪的王子
以文字为马，虔诚地奔走在纸心上
或深或浅的足迹，染上墨水般稠粘的乡愁

为碎玉祭礼

一块圆形的白玉，不小心
随着骇人的一声啪啦
碎响于地上，面目全非

一颗致命的心，如打碎的玉器
斑驳成两三朵花蕊
有种喊不出来的空茫和痛
连同一份负罪感和忏悔感
令一整个夏日发生痉挛

如此见证了一回玉碎的情景
似乎倾听到一轮圆月撞击
琐碎的日子，分离成碎片
叹息绝响，化作不可复制的形体
这生命之殇，凄美得令人不敢凝视
唯有静静地捧在手中，以生命的名义
充满敬畏地，举行祭礼
为碎裂的圣洁，默哀诵经

宋瑾的诗

宋瑾 男，1906年生，文学博士。艺术系1980级学生，曾任南方诗社副社长、诗刊《南风》副主编。中学开始文学写作，迄今发表诗歌若干，音乐文论160余篇，出版专著《走出慕比乌斯情节》《国外后现代音乐》《西方音乐：从现代到后现代》《生态教育：大学音乐》《音乐美学基础》等，译著《二十世纪音乐素材与技法》等。现为中央音乐学院音乐学系教授、音乐学研究所副所长。

静　坐

题记 也许诗歌确实更像音乐，一种感性，一种感觉。它开启的窗户，打破了逻辑密不透风的墙。它是感性的东西本身。就像一处风景。就像你的那些花。就像你。

心里一包针打开的时候
失血的疼痛四处弥漫
面对熄灭的灯
交换一场命运和心境

一百年之后已经倒塌的房屋
从昨天开始修建
雪还在下
为今夜的星光布置场景

静坐，等候不需要理由的喜悦
降临到心灵的月面
交叠双掌的梦游者
用第三人称救赎自己

蚁群穿过茅草森林
歌声划一，响遏行云
它们的欢乐没有地平线的遮挡
它们的声音不会失眠

爬过九十九座山
越过九十九条河
幸福总在很远的地方
在梦的边缘

那里有一首思乡曲
雪人唇边的一管芦笛
呼吸月光
把家园安顿在赴约的旅途

无　　题

三只脚的狗走过荒野
给旅人留下一脚空旷

在明天的记忆之中
没有新鲜的东西

第一次完成最后一次动作
然而一切都曾经发生

荒野空旷，三只脚的狗走了
留下一个旅人

虚幻的风景吸引真实的欲望
时光之河冲刷着千古死结
地平线上孤树孑立
传递遥远的亲切

旅人与狗去向何方
留下荒野空旷

所有动作在发生之前都已发生
重复的模仿如影随形

阿姆敦的鼓声

——听朱践耳《第八交响曲》

一把大提琴、十六个打击乐解读着他的名字的密码。

一个人老了，他老了
他用大提琴呼唤着自己的名字

白色的音节

从发须跌落到 A 弦
阿姆敦小镇的鼓声
在弯曲的背上隆隆作响
每个字母被鼓点驱赶
向第九空间逃亡
伸手抓不住颤音
爬高的音列顶不起摔伤的脊梁
多年前一个传奇故事
锁在音域之外

飓风从海洋登陆
撕破了老人的皮肤和名字
沙滩流产了谎言
猩红的旋律绷紧海岸
每一块礁石
坚守着黑色沉默
逃亡者的沉沦泛起一片死光
一个人老了，他太老了
折断的桅杆刺穿了他的胸膛
没有终结的和弦
从放大的瞳孔溢出

在最后一个音符消失的地方
走来一个赤裸的婴孩

我家在我家

——听罗忠镕《琴韵》

题记 人问罗忠镕之子罗铮：“你家在哪里？”答曰：“我家在我家。”哲学乎？禅语乎？《琴韵》尽解也。

走了很远很远
来到开始走的地方
找到一棵树的位置
种下家的感觉
无梦的目光向那里浇水
看它长出清清白白的根
整整齐齐的枝
还有不开花的果

睡了很久很久
回到开始睡的夜晚
躺在一颗星的下面
倾听家的呼吸
记忆的云雾向四周弥散
任它遮住高高低低的墙
弯弯曲曲的巷
还有不亮灯的窗

一棵树是一棵树
一颗星是一颗星
无论多远，无论多久

我家在我家

1995年8月6日于福州－厦门公路大巴

地　平　线

——听王西麟《黑衣人歌》

题记　上党梆子加无调性加王西麟等于别人唱不了的歌，所以他自己走进了音棚，从那里传出撕心裂肺的声音。

1

泥土捏成的声音
在地下行走多年
它拉着下沉的引力
永远走不到时间的地平线

2

黑色植物长成梦的模样
它长在夜的边沿
它的根抓住声音之门
光的死结是门上的锁

3

无眠的声音行走在永恒之夜
它休止的地方是白昼失血的节日
地平线那锋利的刀刃
切断了梦的羽翎

4

致命的诱惑是地平线上的一棵树
它放大着时间尽头的图腾
声音起伏使地面游动
而前行的姿势永远凝固在体内

5

期待中的霹雳钉在风景之外
焚毁的木桩照亮花季的回声
雨水向土层深处梦游
掩埋的往事还在潮湿地歌唱

6

地平线依然托举巨大沉默
吞噬时间的怪兽蹲伏不动
土层中，声音沿来路返回
出口就在进入的地方

梦乡之外的梧桐

——听陆在易《中国，我可爱的母亲》

题记 没有沙子的眼睛，是生产图画的眼睛；图画消失的眼睛，是流泪的眼睛；不再流泪的眼睛，是不仅仅看天空的眼睛。

一个故事叙述着另一个故事
故事中的母亲期待着故事的结局
而当了父亲的儿子是永远的儿子

他的叙述进入了慕比乌斯情节

儿子呵，你的声音多么干净
没有脚印的沙滩多么干净
芒西说，风景好得像假的一样
画中的鱼群停止了游动

故事沿儿子的目光流淌
母亲在爱河沐浴成仙女
一匹白马从时空隧道跑来
它的背后是九个轮子的太阳车

可是一只秃鹫飞进儿子的眼睛
在他心里宣读一条咒语
岸那边毫无设防的笑容和贞洁
变成回音壁上风干的呻吟

儿子呵，你的号啕多么挺拔
受伤的狮子多么挺拔
芒西说，海岸线为了美而曲折
你的忧伤是梦乡之外的一棵梧桐

多年之后又一次阵痛的拓扑
咒语收进了克莱茵瓶
在翻转过来的球面上
一个故事种植了另一个故事

黄静芬的诗

黄静芬 教育系1980级学生，南方诗社第一批成员，任诗社第一届、第二届常务理事。已出版诗集、散文集5本。现从事新闻工作，为厦门日报副刊编辑。

那只小兽放出后

清风的力
是无法移的草
与无法走的树
共同阻隔

那样轻
飘忽的心思
藤蔓一样缠绵荒地
能感觉什么

天宇的灰
是无法取的难
与无法舍的困
混乱糅合

那样重

铅云的雨滴
子弹一样射进深层
能滋润什么

不过是
发芽的依然发芽
枯败的依然枯败
我的依然我的

不过是
那只小兽放出后
倏忽无踪
再也回不来

水在身边就好

我们生活在干涸时代
关于水域阔大的传说
关于蛟龙潜底的传说
已经无迹可找
如果
你愿意许我临水而居
我就能安宁下来
什么也不要
你在身边就好
水在身边就好

水在身边
是一湖澮澮名唤白塘
白塘湖哦
往昔秋月浩浩淼淼
孕天孕地
孕万物并秀的繁盛广袤
今日春景窈窈窕窕
孕我孕你
孕我们沉默的相视一笑
我们在白塘湖边
种花种草
种稻种桃
做两只水边快乐的妖

惟水相融
惟心相交
水回到水的最初
我们回到我们的最早
我们遵循时序认真活着
自己是自己的岛
我们看风飘雨潇
看一水护田绿妖娆
看水上舟不慌不忙摇
直到终老

夜里有光

夜里有光
光里有我
这就够了

这就够我抬起头
以不动声色
仰望悬而未落的极乐
这就够我垂下头
以低眉顺眼
俯视萎地成泥的罪恶

这就够我教会自己
以娴熟技法
将厚厚哀伤涂上薄薄火热
这就够我送给自己
以巨大勇敢
把瘦弱梦境做成丰硕巍峨

这就够我平静度日
以不惊不惧
看花非花雾非雾我非我

黑暗了一个下午

光明疾如闪电遁去

我的屋子
黑暗了一个下午

你的容颜却浮起
像空茫中初长的毒
以隐约的亮
以没有边界的微小模糊
以覆盖我的蛮
以吞噬我的巨大苦楚

我的屋子
我的身体
黑暗了一个下午

自己抱紧自己

自己抱紧自己
给自己一点点
一击即溃的美好
时间如钝刀
一寸一寸切割
我的无聊

我的无聊仅仅在于
从来不奢望拥有
整座花园的奇妙

即使这座花园绿肥红瘦
即使这座花园巧笑倩兮
即使这座花园花容月貌

我的无聊仅仅在于
默想窗外能飞过一只
惊弓之鸟

即使这只鸟折了羽翅
即使这只鸟盲了眼眸
即使这只鸟哑了曲调

自己抱紧自己
给自己一点点
一击即溃的依靠

让浅笑的自己
在肆无忌惮的黑里
瞬间苍老

穿越我身体的花香

今夏一天
我相遇一池
荷叶田田如盖
荷花小小
摇曳初生姿态

今夏又一天
我又相遇一池
接天碧色似海
荷花妖妖
卷舒开合让人喜爱

今夏再一天
我再相遇一池
荷叶黄黄倦怠
荷花老老
不肯遵时序凋败

今夏最后一天
我最后相遇一池
无翠浓红艳无翠减红衰
我临水照影
照不见我的触景伤怀

我仅仅照见
我穿越我身体的花香
穿越荷季的去去来来
一次又一次试图抵达
每一朵荷花出淤泥而不染的白

萧春雷的诗

萧春雷　男，1964 年生，福建泰宁人。中文系 1981 级学生，南方诗社第一批成员，社刊《南风》编委。主要从事文学、艺评和人文地理写作，著有诗集《时光之砂》及散文随笔《文化生灵》《我们住在皮肤里》等十余种。现居厦门，就职于某媒体。

我们遇到的语言

我们遇到的语言列队而行
冰凉　锋利　犹如裁纸刀
穿插于这个金属时代的
枯瘦之耳　我们惊讶
想到某种失去栖身之地的

甲虫　需要一间私人的天空
坚硬　并且近在咫尺
我不能置信　这么多人
只要这一点点水滋养
爱　以及他们的全部本质

如果歌声都失去了芬芳
谁还能涉过波涛翻滚的

风尘　丁香一样归来
也许只有盲者找到了真正的
路　他们能够感到

跳跃着跨过他们头顶的
夜晚　手持蜡烛的梦游者
而我们　哪间房屋挽留过
下垂的风　分娩的母狼
负痛而疾跑的时光……

蓝色百叶窗

蜘蛛在所有事物表面织出坚韧的
壳　灰尘和喧嚣　谁能断定
我们平缓流入低地的感情
衰竭的才华　是否会突然跃起
被一种神迹带回起源……

沉思这一切　逐一点燃全身的
骨头　然而这又能确定什么
当人们最终把头偏向一侧
那更空虚的一半生活　也许只因为
它是人类的母语　最低的河床

这就是让我们忧心忡忡的原因
一封又一封空白信　匿名的时光
新娘缺席的婚礼　言语和手势……

如果生命的确比死亡更轻盈
我们怎能割下习惯的所有指头？

就这样　蓝色百叶窗的后面
诚实的光线与幽暗的欲望
来回穿梭　同时击中了我
一只小鸟在我身上找到了它的回声
我正是模糊地勾画出的那团树影

读着唐诗

读着唐诗　在一片红叶上
古老王朝拱门下的绝色女子
诗人　纵酒的游侠儿
让所有年代屈膝的风采
逐渐生动起来　散发芳香

我落在地上　破碎成美丽的
瓷片　浑圆的帝国之梦
依然伫立天际　望穿秋水
我只打听徘徊溪边的憔悴
红颜　梅花枝头一缕悲歌

暮雪　乌啼　世纪之手
在我柔软的腹部仓促移动
物质在坍塌　将我深深
植根于此地　记忆的峰顶

是那尊永不曾摔倒的瓷瓶

读着唐诗　被时间之流携带的
我们　高塔一样竖立起来
攀登悬在空中的歌唱之火
我的身影是否如同一匹奔马
浪迹天涯呼唤失散的骑者

两　株　树

我们老时　我愿意
肩并肩成为两株树
站在时光的尽头
像树叶那样久久凝视
像树叶那样
灵魂触着灵魂

霜雪已逝　这样的两株
树　被人遗忘
在太阳模糊的边缘
距离死亡还有
一支蜡烛的光辉
相爱一瞬胜过百年

你将是午夜诞生的
新娘　躺上婚床
为我而流泪而美丽
这血红的一夜　没有

门　落叶飘飞
乌黑的鸦群掠过两株树

记忆中的虎

枝桠间安坐的灌木
懒洋洋的缓坡　落叶却
拽紧四处游走的湿雾
昏迷和腐烂
捂住了这个清晨的双耳

武夷山脉的寂静
锈迹斑斑　寒鸡
耷拉着影子般的翅膀
我在等候　从镜子里
华南虎纵身跳出

孤独的百兽之王
和我的道路有一次完美的
错过　这古老的火焰
像风弯成弧形
像血泊消失在土里

下山后我仍然震惊
一个物种的傲慢与盲目
那随森林而去的身影
悄悄返回

而我躺下像一处缺口

深夜赤贫地醒来

今夜我突然醒来　我猜想
此时　失去铁轨的火车
和一朵黯黑的野菊相遇
极光的裙裾如同白马
过访我的小屋　有许多次
我对自己说
青草长得高过鸟类
的退路　野兔离开洞穴
每片树叶都有火红的眼睛

在深夜赤贫地醒来
我摸索一棵水杉　纸张
或别的什么永恒之物
当我们沉默时　缺氧的彗星
稀薄的流亡者还在循环
沧海桑田　我的
闪闪发亮的碎骨头爬行
在皮肤的河床　遇上了
每个有裂缝的夜晚——
蜘蛛徒劳地打结
一眼无限的井
一具快速流淌的躯体

刘向东的诗

刘向东　知名前卫艺术家。美术系1981级学生，南方诗社首届理事会成员、《南风》诗刊主编。在报刊杂志发表作品200多件次，出版代表作7部。现生活、工作于华侨大学文学院。

故　乡

——致旅人

望一眼故乡
故乡在泪水里
塔远了塔湿了
你走后雨水把我淋湿

望一眼故乡
故乡在雨水里
海峡病了海峡老了
你走后涛声使我心碎

望一眼故乡
故乡在泪水里
山近了山青了
你来了阳光把我淹没

折　返

折返八十年代也就动车几站地
看夜幕时空穿越唱词纷飞如雨
举目幻梦外景地，莎剧或杂技
留心近处追灯下，吾辈在画里
听卅年前歌声掌声心跳声交替
被忘却百年教堂上空翻唱主题

2015 年夏天

洗

无论秋冬春夏
不管竹菊梅兰
是情红的牡丹
还是粉黄的水仙
或是跳进黄河洗不清的污草病花
过去时，跳进约旦河洗得清
进行时，在新约中洗得净！
看啊，水花血花火花日花泪花
在古蓝天空下
昨日满眼爱情树
今日更生友谊花

友　　情

只见红叶叠晕
不见春草乱生

忆国色尽染
悉天香（香必）盈

感性穿过枪林
理性越过弹雨

时光倒流你我华丽转身
今日眼神净如昨日眼神

回头说唱青春组歌
来日吹奏友谊名曲

你喜爱一件杰作
——致好友

你喜爱一件杰作
它既温润又生动
有神来之笔
有灵性彩虹
它深刻它隽永

你用浓墨重彩临摹

你用流光溢彩烘托
你常常为它徘徊在历史中
常常翻看画册，你文思奔涌

你甚至为此热切祷告
但它，这件美好杰作
不一定非得拥在你的胸口
不一定非得放在你的床头

2016 年 4 月 3 日初稿

郑日丰的诗

郑日丰 1965 年生，福建永定人。中文系 1981 级学生，1988 年开始师从孙绍振先生攻读研究生，获文学硕士学位。南方诗社最早的成员之一，曾任南方诗社秘书长。现定居厦门。

三十年前

——为毕业三十周年而作

三十年
就是一世

三十年河东
三十年河西

三十年前
我数着火车洞
从闽西来到省城
火车票全票八元
学生半票四元

三十年前
我们同学年少
我们追求进步

我们学雷峰和张海迪
我们学中国女排

三十年前
我加入了共产主义青年团
那是个大喜的日子
从此以后
我就是党的人了
谁说党的不好我跟谁急

我的入团介绍人是景辉和郭峰
真是好人
大好人
那时全班只剩下我还没入团
他们着急
他们怕我落后
掉队
丢人
他们轮流找我谈心
从奴隶社会谈到鸦片战争
从黄继光谈到喜儿
猴子如何变成人
一丝不苟
严肃认真
深入浅出
苦口婆心
循循善诱
软硬兼施

从日出谈到日落
我肚子饿了
心也碎了
他们就请我吃包子
荔枝肉、粉蒸肉

四年的大部分时间
我都住在公共厕所和浴室对面
同宿舍的有如下几人（排名按姓氏顺序，不分先后）：
林升、林育、陈丰辉、徐寿全、萧春雷、曹海鸥等等
曹海欧作风正派
生活有条有理
心地善良
与我们同室，毫无怨言

我的上铺是萧春雷
他大部分时间都在床上
床上堆满书籍
帐幕低垂
他啃着馒头
口中念念有词
夜晚，月光如水
钢丝床摇摇晃晃

老班长梁祥霖经常来查房
查房的经验对他的人生有重大影响
毕业后
他领导全省查房工作

KTV 和洗头房

老班长主要检查我们宿舍熄灯后是否还在聊天
聊理想，聊中国梦也不行
他说你们还小
睡眠不好影响发育
都是为我们好

后来
我们发现只要聊到战争和武器
他就会坐下来
点上一支烟
他会耐心地纠正我们的错误
战争规模、所用武器
人员及牲口伤亡数目
了如指掌
如数家珍
各种武器的长度、射程、口径
精确到毫米

我一直认为老班长的父亲
不是八路就是红军
老班长本人上学前
一定做过兵工厂车间主任
至少是工会主席

后来我们一听到他的声音
就赶快切换话题

武器或者战争
手榴弹或二炮
那时还没有二奶
老班长的声音很容易辨别
粗旷又精细
有一种煤炭加茉莉花的味道

有他加入的谈话
仍然是武器和战争
我们只有听的份
内容过于专业
我们很快就疲倦了
我们知道班长不把烟抽完是不会走的
我们又不能说该走了该睡了
明天还有党史课呢
班长就是班长
有潜在的威权
这好比男人隐隐约约的三角肌
女人起伏涌动的三围

徐寿全的鼾声打破了僵局
这种鼾声的音质和节奏
异常诡异迷离
它时而高亢，时而低沉
瞻之在前，忽焉在后
时而金戈铁马，大江东去
时而杏花春雨，人约黄昏
时而像拖拉机上坡，时而像弹古筝

时而像河东狮吼，泼妇骂街
时而像恋人耳语，对牛弹琴
最可怕的是其中没有规律的间歇
高潮刚至便戛然而止
叫你窒息
叫你绝望
你无法预计何时重新发动
就像等待楼上女主人还未落下的第二只高跟鞋

我们宿舍的同学已经习惯了
没有还不行
有一次寿全回老家
林升说去相亲
林育说去看童养媳
曹海鸥一说都不是
结果
我们宿舍的同学集体失眠

鼾声令老班长忍无可忍痛不欲生
领导也是人
班长真是我们的好班长
临走前他仍忘不了帮我们挂好蚊帐
盖好被子
然后蹑手蹑脚
悄悄带上门

三十年前
我们写诗

朗诵北岛和舒婷
长安山上的相思树
图书馆门前的白玉兰
天上的月亮、星星
头上飞过的鸟
落在肩上的叶
都能扯上爱情

三十年前
我们读萨特
谈存在主义
有的真懂
有的似懂非懂
大部分是装逼装懂

我们办《南方》和《闽江》
我们油印自己的作品
我们昼伏夜出
我们夙兴夜寐
出没在各大专院校的食堂门口
五分钱一份，只收人民币
后来饭票也行

三十年前
逃课、失眠、抽烟、喝酒
是基本的美德
最好还能打上一次架
但点到为止

以德服人
三十年前我们看《少林寺》
和《姿三四郎》

最好还能谈上一次恋爱
最好在大四
不要让感情影响了学习
我们宿舍的林育
那是公认的帅哥
唇红齿白，美目盼兮
大四时
常常早出晚归
回来时
我们都睡了
第二天早上
整个宿舍弥漫着雪花膏的香味

三十年前
我曾经把毛毛虫放到
前桌荷灯的课本中
那时荷灯没有现在的规模
否则你给我一百个胆我也不敢
换你
你也不敢

我基本上没有听过荷灯说过话
我是说大二之前
也许说了，被微风带走了

羚羊挂角，无迹可寻

上课了
同学们鱼贯而入
荷灯打开课本
一声尖叫

我觉得整栋楼窗户都碎了
天空也碎了
政教大楼旁两排参天大树
在疯狂旋转
落英缤纷

我想要出人命了
真的出人命了
她要死了
我也要死了
一命抵一命
地义天公

那是一堂英语课
陈老师是我遇见的最美的老师
鼻子是鼻子
眼睛是眼睛
她从容淡定
微笑始终

她教我们唱《红河谷》《哦，苏珊娜》

还有《铃儿响叮当》

多少年以后
每当我听到这三首英文歌
我就想到陈老师
还有荷灯

三十年前的故事
还有很多很多
若要一一写出来
就是很多很多的纸
都容不下了

梁祥霖的诗

梁祥霖 男，1954年7月生于福州，1973年1月中学毕业后，曾下乡当过知青、进山做过煤矿工人。1981年10月考入福建师范大学中文系，在校期间当过学生干部，参与筹建南方诗社。1985年7月大学毕业后，曾在中共福建省委宣传部、福建省文化厅等单位供职。2014年7月到龄退休。

梅　雨

——这是一个酿造的季节

海洋的使者，横扫
盘亘大陆冰川纪的皇冠
于是
太阳洒下了热泪
希望的晶莹呵
竟然是这般苦涩
我，惊诧太阳的羞怯

天，穿着铅灰色的盔袍
炫耀自己的威仪
那雪一般洁白的寒冷
透着北极光充满自信的冷笑

太阳在轻轻地哭泣，然而
任什么也不能偷去
在云缝中洒下的光线

我听到太阳的跫音
轻轻地，唯恐惊醒沉睡的兰草
这是一个久违的希望
连月亮，都在洗着眼球
暖流的翅膀，
从赤道涌起，在料峭的寒风中滑过
撕裂天穹的虚荣
土地从白变蓝又成为绿

这是一个酿造的季节
赤道和北冰洋在这里决斗
于是，陌生的希望
开始发芽

生　命

——一株遭受雷击的树，从叉枝上绽出了新绿

你憔悴，遍体疮痍，苟且偷生
你骄傲，枝条翠绿，凛然而立

电光摧残了健美的身姿
虫蚁蚕食了丰满的肌体
终生残疾，只留下

难过失望悲愤痛苦
既不能作栋梁顶天立地
也不甘听命运碎骨粉身

阴霾亵渎了圣洁的灵魂
阳光充实了自由的呼吸
终生残疾，不需道
坦然面对傲然而立
虽不能五丈栋才亭亭玉立
也必须三尺门窗涓涓尽力

你憔悴，遍体疮痍，苟且偷生
你骄傲，枝条翠绿，凛然而立

木　芙　蓉

黄昏，是苏醒的时辰
扬起童稚的目光
穿过漫漫的夜
花瓣残留着太阳的折线，每一朵
都披着粼粼素洁
望断天边的朝霞
汲吮大地的滋液
即使只有短暂的生命
也祈求，大自然七彩的排列

异　化

弧形的轨迹上脱落的切线
玫瑰的芬芳中揉上的铜锈
呜呜的海螺，散射出尖细的超声波
粉色的肉芽，镶上了粗暴的粉尘埃

蝴蝶的扑翅压在书里
跳跃的灵魂铸进钢模
勤劳的工蜂，撞击着透明玻璃
花圈的挽带，飘散着浪漫旋律

牛顿潜心的论证，揭示了
自然界力的轨迹，难道
闻名遐迩的惯性定律，
竟有着爱因斯坦的时空错位

真的，喜剧和悲剧
总可以找到共同的注释
莫让酱紫色的忧伤
吸干了黎明的那一缕曦光

绿叶·会合·告别

——写于《南方》诗社第一次工作会议暨欢送七九级诗友联欢会上

绿　叶

绿叶，绽放在南方的土地上
嫩芽，抖落沉重的尘埃
醒了，春天，
那一片绿叶郑重声明

有一天，也是在这里
南方的土地上
好奇的孩童
追逐冬天的脚印
在残雪堆积的偶像中
编织色彩斑斓的理想
肥肥的手指摸着娇嫩的绿芽
跳出一串快乐的哂笑

然而，春天的脚步
就是从每一片绿叶
丈量着
南方的土地——开始！

会　合

终于，我们会合了
在南方的土地上
举杯祝福

爆竹带着火光
从我们的身边匆匆掠过

别说空气太沉
别说阳光太重
我们会合了
储蓄大自然的能量
编织绿色的维纳斯

而带着翅膀的蒲公英
纷纷扬扬，从这里
南方的地平线上
启航

告　别

道一声珍重说一声平安
从南方的地平线上
走过了又一群拓荒者
像蒲公英撒进了大自然的怀抱

圆圆的记忆中
发散着浅绿色稀疏的浪漫
红白相间的接力棒
总在传递的过程中闪亮

别说这就是分别
别说这就是生活
在南方的土地上
到处都是生根的土壤

黎钟的诗

黎钟　本名黄鲤忠，1963年生，文学硕士。中文系1981级学生。1985年10月加入中国散文诗学会。大学就读期间曾任南方诗社副社长、《长安潮》主编。工作后任大学校报编辑、负责人、福建省高校校报协会常务副理事长等。已出版散文诗集《守候生命的风景》《岁月风铃》《灵魂的碎片》等。现供职于福建师大校长办公室，任福建师范大学教育发展促进会、校友总会副秘书长。

人生侧影（三章）

微　笑

如花草的芬芳，林间的气息，清晨的阳光，夏夜的和风，流淌的涧水，没有刻意的伪装，也没有造作的表情。不是突兀和惊喜，也不是廉价、浅薄或者艳冶的流露，只是简单、心净和不思量。

微笑，给寒冬以温热的感受，给炙热以清凉的记忆，给灰暗以明媚的印象，给苦涩以甘甜的回味。

真　诚

有不设防的情怀，是没有隐秘的坦荡，坚定的自信。

让人一览无余，不用洞悉与深究。这种品性不求左右逢源，春风得意，它已摆脱枷锁和禁忌，是凤凰涅槃，是童真，是年轻的母亲对待出生的婴儿。是穿过乌云的太阳，是寒夜的星辰，也是带着露珠的鲜花与小草。

善　良

这是一件朴素的衣服，它可以帮助你抵御严寒。

这是一盏明亮的火把， 它可以帮助你在黑夜中照明。

这是一条宽敞的道路，通过它，可以找到朋友、至亲；找到友谊、爱情；找到信仰、真义。

它有些懦弱，不善言辞，更没有华丽的外表。但它不会咄咄逼人，也不会虚张声势。

也许我们支配不了自己在冥冥之中的命运与道路，但可以用善良主宰自己的灵魂和品性。

它不是流金砾火，不是风狂雨骤，更不是山崩地裂。

它是春天的和风细雨，能驱散严冰、寒冬……

它是天高云淡，是春暖花开，是雨后彩虹……

邵问津的诗

邵问津 原名邵长武，1965 年出生于福建永泰乡下。外语系 1982 级学生，南方诗社成员，第三届理事会副社长，福建省大学生诗歌学会首任理事长。1985 年出版第一本个人诗集《我们呵，我们》。代表作有 5000 行抒情长卷《病子树》、四卷本大型人文哲思随笔集《武夷山笔记》及《茶诗 100 律》等。现蛰居武夷山读书。

与柳永对饮（组诗）

读《凤栖梧》

立春一过
南方这块因温润而多情的土地
简直就是个迷乱的动词词态
忙碌地记录着一大摞萌芽的事实自述
和成长的情绪方式
并在上述生发的感染下
一一悦纳
甚至同时与所有崭新的生命一见钟情

要是东风不来
你也能感受到季节体温的微妙变化吗
也能敏锐地感受到爱情的即将到来吗

东风不来
我或者只能伫倚在草色烟光残照里
危栏天际望极春愁

而嫩芽鲜叶早已做好了准备
早已列队整装待发了
再细的风也不会被错过
再不合比例的爱情都将怦然心动
只想趁大地微醺初醒之际
分别代表着自浅而深次第递进的新绿
各各嘹亮

待到万花乱红时节最是无味
那么你还要对酒当歌还要去图一醉吗
即便憔悴到衣带渐宽
那人依然还在灯火阑珊处
不信且问稼轩

嚼《少年游》

西望长安
想必因年久失修而爬满皱纹的城墙
早已垂垂老矣
通往长安古道两旁的芳草该当凄迷
马蹄声或也绝尘而去了

此刻我们身处最远的江湖
斜倚危栏但看遥无归期的壮丽落日
长安

指不定就在云间虚构着辉煌的真实

在这个秋凉掠走一整块天空的傍晚
我们艰难地携着明月登楼
晚风虽然比秋风还要冷硬
牵出任何一曲毕竟都可当歌对酒啊

回望长安
奈何风疾马迟
羁旅天涯的旧路一一都被极目送断
为此历经的沿途风光尽皆褪色
舞榭歌台默默伫倚着寂寥
终难看清前尘往事

把曾经有过的多少欢娱多少荒凉味
悉数倒入杯中吧
把铅华洗尽之后的满目苍茫
和着年少时的良辰美景酿出的风烟
悉数倒入杯中
让我们无言相向地举起杯来
然后一饮而尽

吞《望海潮》

到了杭州
饥饿的眼睛顿然装满了一整个江南
往事都被打包寄存在昨日
那些迷茫的渡口
那些有雾的早晨

那些酒酣之后因微醉而幽怨的歌楼
以及一曲终了弦断灯昏的寂静
总之
曾经有过大把大把凄清婉约的日子
都将被搁下
或者淡出暂时的记忆

就因为这里是杭州
钱塘江水只在你的血管里大开大阖
偏偏成就了一阕观海潮的奔放
自此最烟雨的江南也最豪情万丈了
暖风熏得游人醉啊
三吴都会携十万人家繁华自不待言
而这真的与你没有多大关系
和我一样
你充其量也只能是行囊干瘪的路人
或者热闹的偶尔旁观者
不同的是
你顺便带来满口袋捂得正热的意象
随时都可孵出一窝温暖的诗意
并让一段时光走进典籍

当然这里还会有乱花浅草早莺暖树
还有那么多可供抽取的记忆片段
吞噬着别人的情绪库存
而我只想把一坛三秋桂子十里荷花
严密地封存在心灵的一角
不时翻出来晒晒太阳

煮《浪淘沙·慢》

原以为把爱情留在烟波浩渺的江边
或者托付给江风细细咀嚼
便可以稀释掉全部伴生的忧愁
从而只留下最适度的情绪温感
作为心灵的保湿剂而不使过早枯竭
去滋养落荒的生命羁旅

不曾想
爱情充其量也只是醉后放浪的鼾声
待一梦醒来
却被改写为三三两两的阶前点滴
终难录作曲调完整的长短句
堆在枕上

想来也是
有多少欢娱就会有多少翻版的忧戚
一如晴天的下场
怎么都无法在雨里找回投下的影子
晾干之后来收藏

于是
你我各自背上一筐铿锵作响的文字
上路
直到把天涯都走断了
于是
我们不约而同地
掷一把一生笔误换来的几阕闲词

轻易就敲穿了千年的间隔
于是
我们邂逅在天涯最偏僻的这个角落

那就坐下来对饮几杯吧
曾经相信约定和盟言一样相信未来
万种风情才无处着地
那么何不把爱情和时间的残骸
生生捣烂呢
能作为下酒的小碟也是好的

啜《定风波》

来了又走了
契约真的很难比薄纸可靠多少
总说会带我去参与一场盛大的花事
而今你说花已荼蘼
得待来年春立枝头

我没有去过春天
没有去过春天
不见得都会是因为不合时宜而错过
这我知道

那么
又有谁能证明这个季节太匆匆呢
穿梭一样匆匆往返于四季的间歇处
稍纵即逝
也许它一直都在那里

只是我从来不曾在意
而你却屏住呼吸一样屏蔽一切闪念
而后擦肩而过

我或者常常徘徊于这个季节的门外
不敢轻易敲门
虽然始终企盼怀上一个完整的春天
以了却不解的芳心

我想我到底得与春天有个约会
我要用细软香衾长年捂酥了的温度
悄无声息地融入这个季节的暖意
你还会如约而来吗
并坐在我的青罗帐里
把一段似有还无的时光编织成虚数
一如闲拈针线

酌《玉蝴蝶》

而今却也只能独上层楼把栏杆靠矮
把天涯望断
可怎么能望断呢
天空已被乱云堆得很低很低
几乎低过我的屋檐
唯阶前点滴寥落地伴着萧疏的晚景

秋风早就吹瘦了这个季节
以及每一座远远近近的山
梧叶飘黄花已荼蘼

月露渐渐冰凉

秋风将水面削得平整细滑然而暗淡
只剩下凄楚的寒烟和悲怜的伤情
伴着冷霜
还会有返照的秋光一现吗
从其间挤将出来

曾经的岁月怎么都是系不住的流水
孤楫声里轻舟催发
去收割万里云天一江落霞
直到斜阳都立尽了
却依然音信无凭归帆何处故人安在

最是一期一会的诗酒茶话终难将息
还有恣意泼洒的年少情怀
而今多半零落在别处的江湖
断雁影杳
满眼河山垂垂老矣

且把残存下来的无多风月半阕闲词
倒在杯中
留给荒寒的岁末
独自吞咽独自慢慢品饮

黄科安的诗

黄科安 男，1966 年生，文学博士，中国社会科学院博士后。中文系 1983 级学生，曾任福建师大南方诗社《南风》副主编。主要从事中国现当代文学研究，出版学术专著《叩问美文：外国散文译介与中国的散文现代性转型》《知识者的探求与言说：中国现代随笔研究》《延安文学研究：建构新的意识形态与话语体系》《现代散文的建构与阐释》等。现为福建师范大学文学院教授、博士生导师，福建省中国现代文学研究会会长。

哦，闽南

那时风吹得很凉
甘蔗林则大笑地甩出绿的长发
让太阳款款地泊进闽南美丽的瞳孔
湿湿的身影是一群踏过
皱折般沟壑的太阳人

那是流失于眼角的太阳
热吻的痕迹再没有含泪的黄昏
凄美地一笑
是东西塔爬满青苔虚构的瞬间
洛阳桥是否祝福南飞的雁阵

为涌出的细花阳伞踏出凉凉的思念
乃携一汪的深情

这里轻轻地响动
是平息海潮，熨平相思林的每一个流盼

几声沙哑的笑声织入冰淇淋标志的夏天
长长的古巷走出白玉兰的芬芳的记忆
和一路颠簸的季风
哦，高高的脚手架又在惬意地展示
那静静的古榕又编造了几个腼腆男孩的梦
是老君石那慈祥的目光掠过多阳光的闽南
悠扬的南曲刷出
大批大批日光岩旅游者的惊慕
那港口城市的流行色
在一顶顶的太阳帽撞进水乡山镇
是绿荫榕树把一腔的积愫悄悄地泼出

沉　　思

一

在你的童话里我喜欢选择角度
　然后是你风流地流淌着
向惊愕的人群挥挥白手套

我都在伫立着为风为夜
　也许身上不该簇拥这么多洁白街道
使寂寞的相思林惆怅成黎明

而忧伤并不同时

即使是季节在遥远地提示
　我不想追加自己的光荣履历
而走出这片泪水浸湿的另一个领域思略
正意向无边无际的思索

二

那时我爸地平线肩在风口处
　集合大胆和天真的队伍
让祖辈背脊辽阔地辨认我的天空

谁能清醒地把目光投向广告牌的流浪
　三叶草的隆重葬礼使太阳变成我的滚烫的泪珠
只有他们的心在涨潮
而驿站外更有一片荒凉的地方

就是你集起所有抛下的叹息
我也无法再为山的子长表示默契
南国的世界并不是所想象的油画
而让白昼隔着黑夜诉说红月亮的缠绵

三

暮色苍茫的背景下
　我不断地向陶醉的人群逼近
然后说陆地不再是划一的坚实

惊奇和麻木的面孔是一张张纷扬的明信片

　友好地提示着一个默默的暗语
而让两路花瓣似的眼睛倾斜
祝福成节日的回音壁

我愿和一帧厚厚的日子酝酿出一则醒目的新闻
　风靡在黄昏的港口城市的每一位公民
而多情的晨昏线完成最后的构思
为我的记忆刷出新的一页插图

1985 年 12 月 14 日完稿

林少杰的诗

林少杰　中文系1983级学生，曾任福建省大学生诗歌学会秘书长，福建师大南方诗社社长、《南风》诗刊主编，福建师大长安文学社社长，《闽江》主编。作品曾入选《中国当代大学生诗选》等诗集。

城市掠影

当星儿闪着惺忪的眼睛
城市清冷寂寞早已消遁……

展销会、新疆古尸、印度驯蛇
以及领带、珍珠霜、迪斯科余韵
都随着七点半的节奏
走进公司走进商店走进各自岗位
钱塘潮　自行车流沿着
　　　　斑
　　　　马
　　　　线
伴着骑士闪光的幅圈在这里
聚集　飞　驰……
信号灯是天才的指挥家
以永恒轻缓的三拍子

连同蚁群行人　向　前　蠕　动
（你说　这
是中国人执着韧性）
低音喇叭、清脆车铃、优美口哨
自由响起交换信息交换感情
鲜艳口红　时髦无领衫　三杠运动服
以崭新的骄傲点缀城市的生气

清幽山林风光　澄澈的流水
还有粗犷船号　悠扬的牧笛
只在窒息空间闪现
连着竹林般摩天楼　闪光的彩色音乐
轻轻摩挲这市民甜美的梦境
尘嚣　喇叭　铃声
立体汇成合唱的旋律迅速膨胀
面对着湛蓝天空
巨蟒般黑烟正傲慢地　蹒跚
以几枚硬币和零钞
闷热空间中换取立足资格
弥漫着车厢是刺鼻汽油和不知名怪味
但城市照样自由地分娩
依然生出一个个喧哗黎明
城市交响曲一个音符的我
不停写着时而流畅时而晦涩的旋律
多想化成精灵随着任性的春风
巡视街市各个角落
更想剖开闹市胸膛
移植清新的心脏

让时代脉搏跳得更加欢畅

启　明　星

是伴随黑夜凄清的梦幻
虽然永远孤零苍凉

嫦娥乏倦时辰　是探索者
浩宇间默默辉映
黑漆漆中划进光弧
同样傲视
把那深邃内涵
蔓延　蔓延　没有止境

茫宇腊月的酷寒
而你一任天地碧波柔情
轻轻地　轻轻地摩挲
慰着自己慰着环宇
冷漠外表早已凝固了幽怨
意志的坚韧是血性青春的律动
飘掠鸿雁
变幻云霓
　默默品味着……

子夜的律动

——一个男性大学生的自白

浑噩中
一个灵魂在时间磨盘上　无声地挣扎
夹着难以泯灭的呐喊
（空灵几曾回音……）

子夜的辗转
流叹着茫然的思索
静寂时辰咀嚼着人生
（在高亢 DISCO 刺激中
心灵随肉体在欢畅地绞曲
他唤求自然的回归
他挣脱世俗的桎梏
默默的是横空的流星……）

嗯，夜阑深静的校园
徘徊瞳孔渗进了灰蒙的启迪
泻在心中那番痴念
在天方夜谭中流逝……

是的（真想）
重新组合人生的故事
组合永恒的人生（真的，我真想）
在这麻木的夜晚
轻轻抽去相思叶上淡淡的那缕……

"太长了——命运的旋梯"
百慕大漩涡无奈地微笑
嗯趁这点火焰尚未散尽
勇敢地走着泥泞……

1985 年 9 月 21 日子夜于宿舍

人　　生

闪来　飞去
飞去　闪来
透过冷傲的玻璃
扩张的瞳孔模糊了世界
是空荡中回旋着沉默的拥挤
是悬空着叫骂
几张零钞换得立足之地
是无视　是麻木（她轻轻摇摇头）
——坐客斜睨的挑剔

闪来　飞去
飞去　闪来
时光随着窗外梧桐
悄悄地壮健处子
并没遗忘腐蚀老朽
掠过人流逝去的建筑
明日记忆神经
还得重复今日的故事

在车上　在车上

等待的焦渴只换得怡然的俯视
熟悉中没忘了亲热
陌生里坚持了矜持
拥挤
嘈杂
　　昏沉
统统地告诉了她（她轻轻摇摇头）
黯然地鹰隼目光　转向窗外
——我将重新正视……

刘少雄的诗

刘少雄　笔名南河，1965年生，福建上杭人。中文系1983级学生，曾任南方诗社理事。现为闽西日报副刊部主任，系中国作家协会会员、龙岩市作家协会主席。主要从事诗歌（含歌词）、报告文学（含电视报告文学）等创作，在《诗刊》《青春》《福建文学》《人民日报》（海外版）《光明日报》《福建日报》等报刊发表诗歌100多首，著有诗集《有座红房子》。

云　霄　阁

奔跑千里的雄姿
已浓缩成一片
被紧绷得惨白的皮
千锤万击
咚咚的节奏
成就一座
五百年古塔的传奇

七级浮屠在田背
任你左看右斜
任你右看左斜
只要心灵是正直的

就经得起风
就耐得住雨

谁说丧失血肉和骨骼
就等于死去
谁说被盐腌水煮
嘶鸣早已枯干
看吧，马皮之上
蓬蓬勃勃的
岂止是飞扬的鬃毛
更是重生的灵魂

生命消逝已久
奔腾的蹄音
却鼓动风云

存　耕　堂

透过落寞
洞见曾经的辉煌
铭文的青砖
厚实的黛瓦
早已长满青苔
门楼上的行草
黯淡了多少岁月
唯有翻过围墙的青藤
还攀援着江南才子的灵感

装满九厅十八井的子孙呢
喧嚣在穿心走马楼里的歌舞呢
雕梁画栋和鎏金的牌匾呢
十三个春秋垒起的骄傲
抵挡不住二百年的风雨沧桑

存心行善追先哲
耕稷莳花勖后人
瓜棚下几声狗吠
惊醒昏花的老眼
霉腐的气息
冲出破败的门窗
老井涌出的山泉
挽留不住年轻的脚步
屏风上镶嵌的鳞片
还泛着最初的银白

千顷华屋何人建
流水光阴总凋零
六月的烈日下
死寂的古堡
袭来一阵寒意
沉重的双脚
几乎无法跨过
高高的门槛

落寞总在辉煌后

发黄的祖训
或许早已被子孙遗忘
旧时的阳光又怎能温暖
今人的梦想

荷

清一色的美丽
娉婷于一片水域
挥一挥绿袖
那些出众的身段
便在六月的阳光下舞蹈
天空在她们的脚底下安静
而浮云则如得水之鱼
轻轻地啄
这些白嫩的踝

当一切都复归平静时
流浪的红蜻蜓
便成为一茎小荷上
最注目的风景

瘦雨江南

四月　下着瘦瘦的雨
江南的鞋子走失在青青的草丛里

被一只蚱蜢误作空空的穴居

四月的瘦雨里
是谁深一脚浅一脚走过
那册线装的唐诗

四月　下着瘦瘦的雨
瘦瘦的雨　浸透梅子的心
也醉了杏花村的酒旗

四月的瘦雨
是游移在牛背上的牧笛
吹奏出串串悠长的江南流韵

四月　下着瘦瘦的雨
一把未撑开的油纸伞
袖着一笼烟云

四月的瘦雨
在青砖的古巷里
飘落一段紫丁香般的爱情

我穿行在四月　穿行在
瘦雨的江南　一页一页地
撕下这些滴水的日子

婴儿般熟睡的谷粒

在一片清脆的镰声中
这些金黄而饱满的谷粒
离开纷繁的枝叶
离开沉甸甸的日历
走进渴望已久的晒场
像熟睡的婴儿
在阳光的照射下
美丽无比
这是农人一生中
最最忙碌的时刻

如同新娘守护
一个如期而至的梦
农人守护着蓄满阳光和汗水的
谷粒
熟稔的日子
使他们表情丰盈
就连落地的影子
都充满爱意和温馨
当他们按捺不住心头的喜悦时
他们便用竹篦一遍又一遍
抚摸这些熟识而可爱的脸庞
这是农人一生中最最幸福的时刻

年复一年　代复一代
农人种植谷粒守护谷粒

谷粒养活农人
这种原始而质朴的关系
亘古不变
一如太阳与大地的恋情
最终穿越岁月和风雨
结成这甜蜜的誓言

当古老的谣曲
沿眉梢的笑意遥望的目光
成为季节响亮的回声
当圆满的谷仓
以囤尖的辉煌
成为乡村最醒目的风景
一个酩酊大醉的秋天
便又一次走进农人
那节日一般热烈的盛典

梁嘉来的诗

梁嘉来 1964年生于闽北山区。中文系1983级学生，曾任《南风》诗刊、《闽江》《读书与评介》主编。现旅居匈牙利布达佩斯。

布拉格印象

又一次告别布拉格
深冬的雪绒花冰冷着
我长长的背影
匍匐成巴黎大街的流苏
有落羽飘零
那是约翰的呓语吗
有一只猫在我的眼前踟躇
我知道那是卡夫卡的舞姿
在轻柔地与慕夏翩跹

风
一遍遍地拍打车窗
耳边是斯美塔那远隔重洋的
断章
伏尔塔瓦河的波光
迷离了一夜的幻想

那是胡斯在博登湖边的企盼吧
白日的喧嚣
早已遗失在零落的钟声里
左眼是亚当
右眼不见夏娃
生命是一如既往的雪景
承受了是轻
承受不了的是米兰·昆德拉的无题

再一次告别布拉格
还是在夜里
脚深脚浅
有一扇门为我虚掩吗
你说踏雪无痕
却有雪水湿了我的眼睑
查理太忙没来相送
几里的小巷
逶迤了我经年的守望

爱是你
恨是你
我的布拉格啊
今夜的惜别
有你的低眉浅笑
再次的回眸
是你的秋水盈盈

苦　城

——萨拉热窝悯记

纵有千般恩仇
一笑都已泯尽
群冢的荒草
萋萋如花
是昨日的刀光血影
交织了一城的风景

基督的救赎
在河的东岸向偶
安拉的苦行
葡匐成河西的清真
品一壶咖啡
从日出到日落
锡匠铺子的轻锤
叮当声里
可有血洒栈桥的爱侣最后的呢喃

七百年的隔墙
在那累累的弹痕里嵌着
过客的忸怩
粉饰着眼前的太平
都远去了吗
那嘶鸣的马啼
搬一把椅子让我凭栏吧
窗外

冷月如眉
那安祥的鸽影
是我今夜的凝眸

背朝大海

你背向大海
背向你
痴守终老的年轮

风还在
呜咽着曾经的呼哨
桨声
却摇不来
过往的灯影
和灯影里
伊人的号子

许是拍岸的轻涛
击碎你
暗抛的秋波
殷勤探看的鸥鸟
终也
没有捎来
巷子那头的喧哗

一叶扁舟还会再来吗

千帆过尽
你的浅笑
凝固
成石
成一道暗淡的风景

附记：著名小提琴家塔尔蒂尼的故乡——亚得里亚海边小镇皮兰，海边岩石上有尊朝大海的少女石雕，仿佛有着另一个望夫石的传说。

行吟歌手

纵使千年
归家
依旧是那沙哑的声线
凝望的远方
是一望无际的缥缈

午后的阳光
在街的一角
慵懒了许久
他乡的岁月啊
一如你指下的琴弦
拨厚了指端的粗茧
却仍在遥远的异乡蹉跎

归家　归家

家　在那苍苍的须白里
归家　归家
家　在那空洞的胸腔里
慢慢老去
化作杨柳
逶迤了你
蹒跚的跂痕

而午后的阳光
依然在远处
踟躇
窥望你的思念
零落成泥
成一袭绝骑的风尘

附记： 欧洲的街头随处是行吟歌手，某日偶遇一位白发苍苍的行吟歌手，在卢布尔雅那的街角忘我地弹着肯尼金的《归家》。会话中问他所从何来，老者的回答是："I don't know"，一句短语，几多沧桑无奈。

游长樱的诗

游长樱 1964年生。中文系1983级学生，曾任南方诗社社刊副主编。发表多首诗歌并广在校园流传。后因工作生活忙碌，停笔近20年，近年来又开始活跃于中国和新加坡文坛，2012年诗作获蔡丽双“赤子情”全球诗歌大赛成人组特等奖。现为新加坡教师、新加坡作家协会会员、新加坡摄影学会会员、新加坡随笔南洋网站版主。这几年多致力于做文化义工，散文和诗歌散见于中国报章杂志与新加坡作协权威杂志《新华文学》。

虚掩的门

门，是虚掩的
灯光半明半暗
门内是我刚过门的新娘
门外是她未谋面的新郎
七十多年的岁月
她已垂垂老矣
我是孤魂野鬼

门，是虚掩的
烛光灿烂如昼
门内，她披着嫁衣

望穿秋水
门外，我穿着军装
挥泪离别
一场战争
摧毁的是千家万户
还有我们的洞房

门，是虚掩的
烛光半明半暗
灵魂与灵魂的重逢
总在夜深人静
虚掩的门里。

写于抗战胜利 70 周年纪念日

五月的狮城

天气，热得非常
椰树忙碌地缝补
已被阳光射穿的窗
挂满胸前的
依旧是串串汗珠

三角梅开得浓烈似火
香格里拉酒店门前
我迎接风尘仆仆的您
五月的狮城
顿时多了许多的乡音

你说你是来自家乡的乡亲
我说我是漂泊海外的乡亲
乡亲和乡亲
一起举起了
褐红的酒杯

天气，热得非常
胡姬花都在伸着懒腰
我和你都在岁月的跑道上
来回穿梭
从童年到中年
举杯，再举杯

河畔的跨年烟花

河畔的烟花
缤纷飞翔
划出祝福的弧线
带来新年的问候

每个早上
太阳没升起的地方
记忆还残留着
梦的余香

每个深夜

月光照不到的地方
心灵相通的人
却把情和人分开

城里的烟花
璀璨地开放
新加坡河畔的人潮
把我推开

今夜这河畔
升起的是梦想
落下的是祝福
我想捧起掉落的烟花
守护住你的梦想

同一轮新月
弯在不同的云端
同一片银河
辉映着不同的烟花
同一个思念
涌动在山河的两头
同一个新年
苏醒在不同的时刻

画　　壶

咫尺之间

舞文弄墨
做一次与天地对话
让人生起伏
嵌入壶面
写实

素线彩墨
错落有致
来一回同自然聚会
把倦鸟残荷
邀约壶内
写意

鸟语花香
世外桃源
携你陋室方寸之内
作红尘俗士
游山玩水
人生

秋夜爬满我的山丘

秋是一支笔
心是一座丘
一个秋夜
它
爬满我的山丘

翠绿如绵的乡野
秋风
悄悄经过
桂花飘絮的小城
夜
花更香

叶是一支笔
秋雨为墨
江南的桂花
书写在
秋夜里

丘有滨的诗

丘有滨 1966年生。中文系1984级学生，曾任南方诗社第六届（1987年）《南风》诗报主编，中文系《闽江》副主编（1988年）。系福建省作家协会会员。已在《诗刊》《诗神》《诗歌报月刊》《作品》《西部》《散文选刊》《福建文学》《厦门文学》等报刊发表诗歌散文评论多篇。现居长汀。

居　所

我总禁不住深埋热爱，为什么啊为什么
我总禁不住突然袭来的某种悲哀
像一阵风不期而至又了无踪影

明月明明。诗歌这棵树多年来我摇了又摇
洒落光辉。只是我不相信这就是幸福
树的尽头也就是我的尽头
仅有空空

所以我总相信在我们的背后有个居所
他是安息也是源头，他是一切的为什么。

啊，怀有同我一样刻骨铭心的人啊

如果你读了我的诗，请你剔除它的黑暗
请你在灵里一同与我坐下。星光灿烂
居所何其美！

当风在吹

当风在吹
草在疾病中褪色
一阵难言的隐痛
涌上心间　烟雾中日子纷飞
昔日不再重来　我看不见你
我走在欲望的街道
欲罢不能　惊慌时刻我也会想
有什么弄瞎了我的眼
让我拽不住你的衣角
有什么搪塞了我的耳
让我听不见你的呼唤
当我昏睡，你要找到我
一粒沙子的哭诉
在这世代的末了，我不再说
我还有罪中之乐，我放弃！

悲　歌

我的喉咙是再也唱不出什么歌了
站在尘封的日子面前

低下头来，把果实埋葬心底
回到桌前，把坚硬的泪水种在诗中
我爱着的姑娘呀
你要把我梦中的尸骸整理好
在你出嫁的时侯
你要把我送回我们初恋的家园

多少的雨浇在了你的身上
一样的天空一样的声音一样的老路
可我不能这样不说一句话，三月一日
多少的雨浇在了你的身上

远离你我不忍卒读的美好
就像逃荒的人远离故土
月亮多圆又多冷
我们的坚强多小又多脆
多少的雨浇在了你的身上
我爱着的姑娘呀
归宿你早已到达
来路我早已丧失

想

窗外已是黄昏　蟋蟀在搬家
它在秋天的深处唱着我听不懂的歌
我想着　我听着　我感到深深的渴

别怪我　许多时候我就这样陷入了灾难
像孩子一样看不清自己应有的模样
三年？五年？……熟悉的人渐渐远去

不要责备我忘了许多　此刻谁在哭
好似世界仅有了他的哭声　多么静啊
看看欲望的狂沙弄瞎了多少明眸之眼

谁也不会像我这样傻的　蟋蟀在歌
还是在哭？还有几步我就会爱上它的
蟋蟀蟋蟀　一场大雪可否解了你我的干渴？

长　亭　外

这里仅有细雨，以及
我身旁这高高的上上塔

从这里往下看
可以看到城外一些熟悉的村落
以及你说过的，那座长满了常青藤的
古长桥

一个人，一个
有所思的下午
听着隔壁师范女生的合唱
“长亭外，古道边……”

芳草碧连天……

已经过去多少年了
这塔依旧这般挺拔、峻峭又伤怀
和着山下沉默的江水，和着

一场细雨中的歌声
这么多年都已经过去了……

在 龙 潭

最初是一阵燕子的低语
料峭、潮湿，石子铺就的小径
蜿蜒着一个春日的辽阔与悲伤

这里，是些嶙峋的、尖锐的
礁石，浑浊的江水，拂面低泣的枝桠
多像一个破碎的山河……

我来过了多少回？记忆中
东门外、乌石巷、云骧阁……
疾走的光阴，尖利、迟钝又仿佛是

多年前的一个深夜
被梦中的悲伤攫住，疼痛、无言
压住了胸腔……哦，我是如此不可救药

疾病般的爱呵……深深地拽着我

再走一遭，这美丽春日里的
满眼河山……

罗西的诗

罗西　教育系1984级学生，南方诗社成员。专栏作家、《创业天下》杂志执行主编、木知道古典家具策划总监、“爱戴”品牌手串联合创始人。在《新民晚报》等全国50多家报刊写过专栏。个人专著有《性感是另一种高贵》《你生命中的贵人往往是异性》《花开了就感谢》《爱情开卷考》等30多部，个人新浪博客拥有近3千万的点击率。诗作散见于《作家》《诗刊》《青年文学》《福建文学》等。

前世·你

一

有了你之后
才知道爱着比活着多出一轮明月
没了你之后
才明白沙漠比沙滩少一个大海

二

不是暮光四合
而是倦容向晚
不是你离去太快
而是我爱得过久

三

孤独是身体里的第 207 块骨骼
多出来的
增生的疼
就好像我心里多出的那个你
不能爱不能割爱
只好　好好地忍着

四

一床又一床的绫罗绸缎
一城又一城的月朗星稀……
我在
你不在
月光之夜　倒两杯酒
一杯叫傻子一杯叫疯子
独酌
添衣
热爱一个人
凉去一颗心

五

所有说不清楚的“缺”
我都喊为“你”
你不停地来
你不停地去
只是夜来得刚好
而不是你有多好

六

前世的桥
和水更近
我们都喜欢在桥头的石头上写字
你会定时去看　我也会
那字就成了信
有时，会捡一些风落之果
放在那里，偶尔
会被喜鹊吃了
你也很开心
那时候　我们不种果树
只有野果　就像我们的心

七

前世我是被贬的诗人
在西凉
今生我是被逐的情人
在福州

八

前世的死亡
都很突然
像夏天的流星雨
躲一场雨
足够爱一个人
从此
人间堆满石头和离别

九

阳光是前世你慢递给我的礼物
落在每一个叶片上
或是道理
或是诗篇
道理略烫
诗篇微凉

十

那世　每一朵花都是一盏灯
天容易黑
星星容易掉
风很大
我是在学会吹箫前就学会吹灯和吹掉你眼里的那些沙
那世活着就很浪漫
自由漫山遍野无边无际
那世我躺下你也躺下
没有人打扰
还不懂得背叛与被骗
刚刚学会搂抱与抚摸就到了天荒地老

十一

不敢去江边
那是前世的一个现场
自刎比跳江好看
伤口比渡口暖和
不去江边
忘了迁徙

爱你是前世的破釜沉舟
一个人在异乡，即今生

赖丹萍的诗

赖丹萍　男，1966生，福建省作家协会会员。中文系1984级学生，南方诗社成员。在《福建文学》《诗神》《诗歌月刊》《福建日报》《海峡诗人》《星星》《诗选刊》等发表诗歌，出版诗集两部。

乡村记忆（组诗）

锄　草　记

新挖的菜地容易长草
母亲细致，总是想连根拔掉
这样很费时，也很有效

每次多挖出一畦地
要出大力流大汗，湿透衣背
但母亲的笑容灿烂
像铺满地里的菊菜花

退休后的母亲一年比一年老
每次锄草都把腰弯了又弯
越来越贴近土地
青里透红的脸里有了土色

母亲锄了一辈子草
她总是说，人要勤，勤才有饭吃
草长得快，不锄不行
草少了，菜就茂盛了

如今，母亲去世整整三年
乡下的菜地荒了
草长得比人还高
高过了母亲的坟头

乡下的油菜花又开了

每年清明，都要回到乡下
看一看童年的长势
这不，乡下的油菜花齐刷刷地长
金黄了田野河滩

种油菜的人早已不在
牛深一脚，浅一脚，重复乡村老路
它低着头，甩着尾
只顾自己的春天

老照片上的人都老了
他们很团结，挤在一起灿烂
像油菜花，有着金色的时光
他们中有的人走了
去陪油菜花
有的人在看油菜花
我是路边的人

溪水还在欢快地跳着

溪水有过欢畅的日子
每年春天，雨水后，它们就奔跑
像一群乡下淘气的孩子，打打闹闹
这不，一群浪花追逐着鹅卵石
摔坏了笑声

洗菜的姐姐看见了，也乐了起来
木槌上下翻飞，把溪水溅出飞泪
零星的青菜漂走了
小部分的青春

我跟在溪水的背后
一边跑，一边笑
那土制的风筝也跟着飞
就在溪口，挂树枝上了
至今没下来

炊烟还在村庄袅娜着

乡间老路搭在山的肩上
风一吹，晃了晃

炊烟也晃了晃。这条乡愁
总在老屋上晃着
母亲点亮灶膛的火，燃旺生活
那油亮的红烧肉咽着口水
喊回饥饿的咕噜
我动筷子时被打了一下手

母亲说，等父亲回来吧

我等在村口，眺望来路
暮色晃在父亲的担子上
那些山，在父亲晃动的身影里
晃了晃

西口的梅花飘着白

这些山是熟人
我走它也走，我停它也停

山脚下还有更熟悉的
一个村庄，几座老屋，屋后几棵酸枣树

炊烟在暮色里迟疑。像冬天的雾霾
那些晶莹的事物总藏在离开的眼角

我走的时候，梅花正开
风一吹，她就哗哗地落泪
老黄狗在后面追
暮色，深了又深

林浩珍的诗

林浩珍 历史系1985级学生，曾任南方诗社社刊主编。毕业后于中学任教，任教三年后下海。现为多家企业顾问，“诗意神州”电子书刊平台创始人。已出版纸质诗集《回眸》（作家出版社）、电子诗集《那时花开》（“诗意神州”平台）。

周庄的流水

小河从历史的深处
蜿蜒而出
日日夜夜诉说着
曲曲折折的故事

河从门前过
水在窗下流
而那剪烛西窗的人
已去了何方

河上的小桥
如白日里的一弯月亮
桥上的人已迷失
在这醉人的江南水乡
找不到归路

而我站在落日的余晖中
等待那条小船

从一首古典的诗词中
缓缓游出
船娘的木桨
划出清淡的秋声……

下　午　茶

走过人生的熙熙攘攘
一杯下午茶
让我停下了脚步

我在静候灵魂的到来
就像静候一壶水
慢慢地有了温度
我愿意就这样被水声淹没
被弥漫的茶香侵蚀

一切都会消逝的
就像你渐渐模糊的身影
就像这杯越来越淡的思念

一杯下午茶让我彻悟
生活如此简单：
拿起、放下
放下、拿起
我们一辈子就重复练习这样的动作

越轻越痛

水滴很轻
却滴穿了坚石的硬
岁月很轻
却给生命刻下道道年轮
月光很轻
却忧伤了世人的梦境

叹息很轻
却如巨石滚入湖心
流年很轻
却耗尽了累世的缘

一如冬末的轻风
成为刀割的回忆
轻轻的一吻
有时也会成为最美的伤痕

一辈子
把重的都丢在了身外
把轻的留在内心

越轻越痛
最轻的
最痛

你曾经来过

鸟儿飞过
留下飞翔的姿势
风儿吹过
撒落碎碎的残阳

你也来过

来过和没来过
就是不一样

我的小屋是一个驿站
许多人从旁边经过
有少许几个人进来
然后离开

你是其中一个
小屋从此不同

满屋子呀都是你

其实你早已离开

你
你不必再来

来过，就好

遥想北极

在南方城市闷热的午后
突然想到北极
一种冰爽的感觉掠遍全身
千年的冰川紧贴肌肤
银装素裹击退
眼前的喧嚣与繁华

天地一色，洁白得如此彻底
寂寥无声，宁静得如此空旷
世界本可以如此纯粹
一如生命的最初
其实，在我的心底
一直有一片北极　纤尘不染
被污染的只是肉体
而灵魂深处
是无人能及的
北极

比远方还远

去年与今年
很近
只隔着
一个烟火的夜

昨天与今天
很近
只隔着
一双熬红的眼

秋天与春天
很近
只隔着
一场比雪还冷的雨

我们离幸福
很近
只隔着
无法倒流的年华

我们想要的一切
看似伸手可及
却比远方还远

林平良的诗

林平良　男，1965年生，中文系1985级学生，研究生就读于中国人民大学商学院，南方诗社成员。出版作品集：《在东山岛上放歌》（诗集），《蝶岛之歌》（散文集），《南国恋歌》（诗集），《东山岛·鱼》（散文诗集），《黄土地·蓝土地》（散文集），《绿色丰碑——献给谷文昌》（长诗集）等。主编大型诗选《诗人句间的东山岛》。系中国诗歌学会会员、福建作家协会会员、漳州诗歌协会顾问、漳州首批十佳创业导师、大学客座教授。现主要从事国学教育及企业培训研究工作。

海　　趣

我如，一条小木船
听游鱼穿梭的浪花细语

米酒的许诺
笑开了海上的渔火

岁月在渔谣中透明了
梦与小贝壳

一支船队，击败了暴风雨
给人生一千万个心跳

新生如岸
而我的春天，从潮水赶鸟出海

海，给了水手一个意义
我勇往直前，也投入她的海

海　盐

潮来潮往，
那蔚蓝还是如此蔚蓝

自由的风，幸运的水
东山再起，开放了血与光的涌动

向日葵，那男人如父与树为友
除了床，还有暴风雨与尊严

云朵也有一种意味深长
海石花，是我以生具来的诗或语言

南方的海啊，唯美的那风声雨声
阳光的少女在浪花丛中歌唱

曾经的泪水
海盐如花。木麻黄与涛为伴

涛　　音

海岛的涛音
还会在我心灵的岸上拍击
五月潮
让骨头还在海上行走

峰回路转
血液为之开满了坡上的鲜花
追随大海
你的乳，生或死交融在一起

绿色的歌喉
有母亲的泪光闪烁
父亲的酒
苦难浇灌了青山绿水

风沙的记忆
被木麻黄所深深珍藏
赶潮
你有酒我有东山的故事

深　　度

日月交替，我都在大海面前
那扇门开或闭，孤独淹没了黑夜

放牧着黄昏的风与草木
大海的门徒，让自己停泊在时光的海湾

横或竖，我已学会了自嘲
跟风云，常迷失了回家的方向或路
我们能抓住什么？ 在惊讶中
大海是我的镜子，
我凝视着另一个真实的自我
被巅倒了，所谓梦想
她很虚幻，物质是幸福的终结者

在法眼，黑与白并没有什么差异
静寂的我，风的样子没来也没去

赶夜路，林子里有不知名的鸟在咕叫
思想纵横交错，有网也有光

螺 旋 藻

我的螺旋藻，那五肺六脏的渴望
陡峭的峰，深渊的谷
在欲望与血色里，我们让脉络神经开放

那夜的雾啊，所有的帆船
都迷失了方向的记忆。
我们尝试把大海，转换为新的山峰

精神，被波浪所放大
立体交叉
海神啊，我是您永远的圣徒。

词汇在螺与骨虫，我们与海水一起奔流
美人鱼从哪里来？没有水井
犹如饥渴的沙漠

天南地北，空房子守侯着孤独
放生吧，返回大海我们如鱼得水
练习爱情，让绿荫如唱

渔娘的网

游入深夜的海底

一颗不倦的心，漂泊在她的泪水里
我的血液，又流向谁的寂寞？
海上的孤客

那象形文字，经霜雪雨纹理很模糊
再试一次
把黎明还给了大海

海风鼓动着云帆
又看见飞鱼

期盼下一次春光荡漾的潮水

岩画栩栩生动
榕树下更有唱不完的东山歌册
渔娘的网

情如期，大约在禁海的季节

咏樱的诗

咏樱 本名黄勇英，女，1968 年生。现为邵武一中高级语文教师。中文系 1985 级学生，曾任福建师大南方诗社《南风》副主编。2016 年加入福建省作家协会，擅长诗歌、散文写作，作品在各级刊物刊登。已出版散文集《带爱上路》。

这 个 清 晨

这个清晨
打扫遗落的昆虫尸体
它们总是将高楼当成桃源
并为此奋不顾身

这个清晨
俯视水边垂钓的男人
河面空旷，他站成塑像
等一只不大不小的鱼儿上钩

这个清晨，阳光爬上窗台
雨没有再落下，我清理厨房的竹筷
扔掉长出霉斑的金针菜
洗净双手，拿出一本未读完的诗集

父亲，像一尊佛

他说话不再像一个炸雷
总是坐在大门的长椅上
像一尊安静的佛

“你的父亲啥都不管
就知道当甩手掌柜”
母亲这话唠叨了三十年

三十年是一段用旧的光阴
它掏空父亲的身体
父亲说老就老了

当我安静地看着他
我仿佛听到
内心深处的哀鸣

给　　你

我拿什么给你
除了一颗被苦难
捶打的灵魂
还有一些
流落街头的诗歌

如果你要

我把它们全都给你
附带一城月光

月光用来
浇灌灵魂和诗歌
它们后来长出翅膀
停歇在种满菊花的南山

能够给你的只有这些
他们曾是我的所有

白 与 黑

白茫茫的雪地上
几个活动的黑影在移动
渺小而单薄的黑点
仿佛几只蚂蚁
被随手扔在旷野上

天开始暗下来
他们还在那里
风用力地吹
雪染白了黑色的树叉

一只乌鸦在风中盘旋
叫声凄厉如老妇
三只羊在通往村庄的路上
迷失了方向

惶　恐

他睁大眼睛
惶恐一点一点渗出

巨大的羽翼
从她背部的裂缝
弹出
她的眼睛
闪着鸟的光芒
一声尖利的鸣叫
撕破夜的墨色

在他惶恐的目光里
她拍打翅膀
飞远
消失在地平线的尽头

高漳的诗

高漳 教育系1985级学生，南方诗社成员。系福建省作家协会会员。现在福建省永安市某机关单位任职。高中时代习诗，至今在《诗选刊》《福建文学》《安徽文学》《黄河诗报》等有关报刊杂志发表作品百余首（篇），并有若干作品入选一些民刊年度诗选。现任永安市诗歌朗诵协会会长。

春 寒

现在时不时左手发麻，右耳发颤
他们如同雨滴，在半夜登上屋顶
我不停拿手电照鱼塘。陌生的呓语
从夜晚飘到清晨，像满街标语。

粮食啊，我的胃。花瓣般柔软
我要小妖！在晦暗的山川走，在皱褶脸上飞啊
也许还要雏雀。他们记得住发音

清晨虚张声势。让我退避三舍
月亮还在云游。你们的失常
究竟是灯芯没油？不像年轻照亮我的皮肤

如果滑动有足够力量

时光消逝。我们从来没有去过
繁花似景。也没有奔跑人群
没有绳子、竹篮，和涟漪
没有你的呼噜声。没有短刺在喉

没有天命。那些魂魄一样的汉字
它们蹲着，看着。星空闪烁依然
很少被人翻动。街市恍如溪水
看上去特别安静。除了孩子在唱歌

没有日出喳喳作响。铁锹尖锐摩擦
如果我们不曾见过，都回漆黑年月
如果有足够想象力。那些阴影抖动
也许尘埃。我们一遍又一遍绕圈

穿 过 医 院

先是穿过一个隧道。像回到过去
左边的是巡视员走的。你不该看
右边的人在祈福。他们忘了怎么进来

我们都有个姓氏，夹着闪电或者漏勺
有棵银杏。还有一棵小银杏
正对观光电梯。有片小梳妆镜

然后穿过太平间。极短暂的生活
然后淋雨，迎来狂风
然后吹喇叭。然后看见天边开眼

他们为什么要站在山头？我们无事可怜
可怜病人可怜种花的人。可怜诗歌
可怜搬稻草的妇女。还有后背的灯火

杜鹃的阴影

我心头有块阴影。夜深更加轰鸣！
老师教我站镜子前，诵读道德经
老子啊老子啊，牙疼折磨我！
昏暗灯火罩着我！像前世吹鼓手
生性忧郁，无比虔诚却依旧迟钝

村庄因老遭弃。借一片山野吧
除了诗人，无人在寂静中追逐
那趟过黑夜的杜鹃，掩藏不住慌乱
孩子也远离。妻把麻雀养在深闺
我试图移走衰弱炉子。像搬动菩萨头颅

情　　绪

黑夜弥补不了白昼的阴影
那像不规矩的涂装。比如家具

黑漆在手电光里，有些残留的亮白
但我在意。有时仅是一个瞬间
又像滑溜的方向。多像想你

把家具送回图纸吧，或者山林
如果可能。还可以凝视窗外树枝
它们忽然摇晃时，像阴暗处的歌者
拉扯衣袖，见到光亮就吼叫
你停止脚步。在我摸不着寂静地方

我笑人们总问黑暗的奥秘。
柴房空无一物。空气里有陌生气味
两张相似的脸漂在夜里。保持距离
又像两团火苗。晦暗土墙更加模糊
那是清晨下移，像掉下来的渣土

在 阳 台

我必须克制某种想法：越来越近的草叶
或者轻薄的泥沙。夜空也是轻薄
却是向上飞跃。

无数人证实这种惊艳：昙花一现
多么凄美。而我嗜好想象
可以终止诸多人世间无谓的游历

今晨的卧室看上去多么远。环卫工将铁锹刮得尖利

却运不走空调转动和腐朽气味

我看不见自己的脸。它们给了平静生活

罗文芳的诗

罗文芳 历史系1986级学生。笔名远方。笔耕多年，有几十篇诗歌、散文散落于世，曾为南方诗社社刊副主编、《三明侨报》文学编辑。现为三明市某机关公务员、三明市作家协会副秘书长。

彼 岸 花

一

都说彼岸花妖艳
在彼岸般的遥远处
站姿如火
令人醉眼迷离
你不来
我站在原地
怎敢兀自踏过黄泉
淌过忘川
喝下孟婆汤
那惊鸿般背影
在我心里疯长满浮生
曾经游离于前世
你温热唇齿间的诺言
像梦般的唯美

像雾般的恍惚
仿佛一场雨都能淋得杳无踪迹
一切被刷新似的
我怕一醒来
那熟悉的味道香气氤氲烟消云散
红尘深处
我该如何认清你的模样

二

我在夜凉晚深畔等你
我在荼蘼花开的岁月等你
在樱花吐尽芳华
荼蘼开败倾情大地
在浅夏魅惑喧嚣歌舞升平的晚夜
等到人潮繁华散尽
你还不来
我怎敢离去
听到隐约的跫音在云端深处渐进而来
内心迫切而又惶恐
你用一双温暖的手
一次次轻叩
午夜虚掩的心扉
一段段温馨莞尔的蜜意话剧
在脑海中反复回放
原来你化作了一泻如屏的月光
碎落在我床上

远去的父爱

——写在 2016 父亲节

太阳还未出现
有一双手牵引着我
向远处弯延
没有缠绵却充满诱惑

道路两旁　风景依旧
一眼望尽　没有皱褶
我像那只小飞鸟
一上一下　扑打翅膀

快飞　还等什么
一个声音总在耳边响
似乎来自天际
似乎响自心窝

父亲站在分岔口挥手
视野渐渐被吞没
道路断成一行热泪
一条溪流默默地穿流

渡

桥，适时转折。
不管有没有人

经过
波光被沉默的幽绿遮蔽
连成一片深不可测的水域
岸，就在目光的尽头
一生，只是短短的几步路
如果坠落，水面会泛起一圈波纹
恢复平静，疼痛也会消失
就像此刻，好像从未有人来过

赏　　兰

遇见兰草
在一次盛大的展季
我把它想成一次遇见
遇见里有一场
上天赐予我的良缘

我想兰草
总在一个曾经的梦境
梦见玉藏在雪里
梦见美藏在美好里
梦见疼藏在疼爱里

我藏不住的爱意
都开在每一朵
盛开的花骨里

照　　片

不是看这满山的葱绿，不是看
水中倒影的蓝天和白云
忘记潺潺的流水，忘记
夜晚的篝火和歌舞
用心来听，“咔嚓”的一声
我定格在那一年
秋天的九寨沟。这张照片
已经泛黄。而拍下这张照片的你
已在远方，成为一个模糊的影子

阮克强的诗

阮克强 美籍华裔诗人，野生动物摄影师。政教系1987级学生，曾任南方诗社社长及福建省大学生诗歌学会主编。著有诗集《冬天的情绪》。诗歌曾在《诗歌报》首届探索诗大奖赛及《诗刊》社珍酒杯诗赛中获奖,有作品被收入《盗火者》、《当代大学生诗选》、《福建师范大学百年文学大系》及《国际华文微诗选粹》等集子。近年诗歌和摄影作品散见于多种中英文报刊杂志。摄影作品曾入围英国BBC年度野生物摄影大赛总决赛。现居美国纽约长岛。

风　铃

我买来三只风铃
屋檐下，橡树下，木槿下
各挂一只
傍晚起风
风铃全部响了起来

多么美妙啊
在风中它们迅即学会了
用碰撞骨骼
来发出欢爱之声

飞　起　来

在可罗娜湖边
我看见黑雀
停在瘦瘦的芦苇秆上
它真的黑啊
像一个抹不掉的逗点
我正决定是否要拍它时
它飞了起来
于是我看见了漂亮的色斑
在它张开的翅膀上

那些将羽毛放得很低的女子
似乎也是这样
所以你得尽量让她们
飞起来

夜晚的声音

月光下
风吹过橡树荚树合欢树
声音像淡蓝色的
纱巾，透明且无皱褶
偶尔有牛蛙
跃入池塘
溅起的水声

会让人猜想
划过天际的流星
是否也滴落
同样的尾音

我怀疑你们的身体
也都想在夜晚
制造一些
入水的声音
就是苦于，身边没有
月光一样宽阔的
池塘

青草和仙气

唉，都三月底了还在下雪
枯枝上落着细细的雪花
松鼠的耳朵上也有几朵
在纽约长岛，我们念叨的春天
基本还停留纸上
地龙如果翻身
一定会抱怨这土床僵硬
前天我试着种下水仙
挖了三寸就无以为继

土地是酣睡的大神
我们是喧闹的鼠辈

一生钻研规则与涵义
他何时苏醒，何时裸露
何时张开温柔的裂缝
先吞了我们
再缓慢地吐出
青草和仙气

清　　明

薄酒，青烟，梨花开
当然还有雨
这是游魂
不忍离开的证据

雨落在青石板上
溅起的水花
有嘴的模样，就是
喊不出疼

纹　　理

只有在低光下
才能看清
事物本真的纹理

河边的岩石
山中的藓苔
它们保持各自的
矜持

芦苇低头时
你知道它臣服于
风的威仪

风有纹理
死亡也一样
在低光下，它的花叶
先缓慢扩张
再永久
闭合

李水才的诗

李水才 男，1970年生，经济学研究生。政教系1987级学生，曾任南方诗社社长。迄今为《人民日报》《中国当代大学生百家抒情诗歌选》《中国经济报》《中国乡镇企业报》《面向21世纪党建研究》《泉州晚报》《闽西日报》《厦门文学》等二十几家报刊发表诗歌、散文、杂文等90多篇（首），作品入选《1949−1999泉州文学作品选》。泉州师院兼职副教授。现移民澳大利亚。

地球断裂处

图画悬挂高空
千百年不动
炊烟从头顶升起
遥遥相望
夏日婉如巨大盲鸟
把阳光泼洒一地
漂泊千年阵痛
无法定形
空中坠落的雷雨
像人同悲壮的古树
沉了又沉
树叶纷纷落下

世界的预言家
无法预测这破碎的背景
是否曾经隐藏美丽的脸庞

独步在岁月的河边

独步在岁月的河边
把远远近近的故事
搁浅在贫瘠的黄昏
沉睡在冰山的记忆慢慢消融
抑或成了故事的背景

晴空飘荡着零落的梦
掩起长长的帆影
东倒西歪
黄昏的问号泛泛波动
等待磨难相逢的寂寞

芬芳的足音敲过沉沉暮霭
淡淡的风抚过往事
在手掌中孤单出场

夜晚行将走出
不曾定结的梦和未开的花蕾
送走一个又一个黄昏

我们寻找一种目光

我们寻找一种目光
从触目惊心的事实回避
安祥的数落
肖像在隔离中
又一次被灵魂震撼为沉默
我们一次次寻找
都成一次次诡秘的独行

推算一种属于自己的晨曦
从流动的日子
每当太阳升起
我们都这样盲目

在没有人经过的地方
我们却发现一种纯真
它的目光与夏日的太阳同样炫目
指南针为此一颤一颤
企图颠倒的两极
已没有市场

在夜里
有一种目光
我们一直寻找
我们的肖像
在没有人走过的地方

思 想 者

一束风景升起在地平线
思想者透过苍白的感觉
又一次用深邃
去仰望生活的大树和岁月的长河
让思索的秋千荡起“异端”的学说

思想者
把大地和苍穹
用诗相连
企图放飞和平的鸽子
使人间永久品味纯净的诗词
和青春的蜜饯

那些烟云的往事呀
已被思想者插上时间的翅膀
正跨越古老世纪的裂缝
不要让往事重复解释今天
今天也更无须用往事的简单叠加
来期待明天新的太阳
善良的人们呀！
何时才能走出往事与往事之间
……

森 之 梦

低着头
侧身挤进这片原始森林
这里没有太阳的照射
一切显得安静祥和
这里可以用思维的脚步踏出
二十年前母亲滴落在年轮上的忧伤

风乍起乍落
云雾也无法依存
二十年前的归宿
是当年母亲夹在长发上遗留的发夹
已端祥孤单的多年

黄昏悄然步入
落日挥霍剩下的斑斑残块
依旧淌满枝林
叠印于树梢的思念
已从四面八方归来
爬上历史的窗口
黎明交替的时刻
又是在二十年前的一个黄昏
那时母亲正年轻
白衫衣领下至今还留着
孩提时刻的记忆

黄昏时辰

黄昏把它的舌头
伸舐每一个角落
天的颜色
暗示着今晚又是一个温柔的夜

一群人在余烬中支撑铜架
把日子的尽头加热燃烧
曾幻想一百遍
在这耐劳的框架上
存放一个问题
但浮在水面的答案却截然相反

黄昏拉平所有的往事
简朴的空间
只有短促的回循
让人们在停歇中熟悉
天平无法测量生命的力量
只有在过程中才能分晓

时间在黄昏的白发中
碎然倒下
形成一股匆匆的背流
“逝者如斯”

莲心的诗

莲心　本名傅梅蓉，福建泉州人，青石古巷走出的爱诗者，政教系1987级学生，1980年代末加入南方诗社，开始接触诗歌。现供职于泉州幼高专，偶有作品发表。

是时候了

是时候了
给春风浇上一场夏日骤雨
用逃离的云朵裁出素衣
是时候了
巷陌清瘦，秋天褪色
候鸟举起了朝向蓝天的锯齿

是时候了
别让晚霞临照秋水
别让星星悬在危险的树梢
是时候了，让万物都安息
闪电雷霆回到它们谨慎的居所
让松鼠贮备冬粮
让蝴蝶织好茧蛹
森林里迷路的小马驹

夏夜萤火般舞动的字，遁入
夜之空门

是时候了
从东望向西
如万物安息，如尘埃入定

马航之谜

每一个明天都不知所踪
如同一阵穿破云天的箭雨
被时光劫持到
寂寂深潭
最后的呼喊袅袅远去
深夜的海上回声四起
你看不见篝火孤独惨烈的舞蹈
颠覆我站立的土地

每一个明天将不知所踪
如同一个凄婉的笑容
不能凌空开放在
经霜的枝头
未曾交付的断句
是一颗流星短暂的历史
你如何在命运的黑色阴谋里
打捞出人类晦涩的心灵

你没有选择，是成为
整个世界作别的亲人，还是一个
鲜活的爱人

慢　性　病

盘结的根
扎进夜的骨缝
此时经络不通
一种慢性病在游走
它打开每个细胞
掏出每块骨头
蛰伏在秋天之后的每个秋天

有人情不自禁说了句什么
有人咬紧牙关
生的守望和了然无望
都肃穆而庄严
新鲜的疼痛
源自早年邂逅
落下的病根

刺 桐 花 开

如果年复一年
你像火焰一样盛开

交付天空以炽热的情怀
不问灼伤的烙印
不问余烬的灰冷
不问那些限定于前生来世的安排

总有与你一见钟情的相逢
不问巷陌还是庙宇
不问嫉恨还是美誉
总有奋不顾身的青春
烈烈地烧成天边的晚霞
来不及与命运——较量个明白

好吧，我喜欢

我喜欢老式自行车的影子
后轮忠实追随着前轮
性格沉稳，目标坚定
我喜欢烙字杯子纪念的时日
我喜欢走下殿堂的鲜花
突然变得结结巴巴

我喜欢跑步的黄昏
冬日微微贴着湖面
大狗小狗说出他们的誓言
我喜欢缘字有一百种写法
我喜欢受寒后感冒不用药
犹如因为喜欢而不安

好吧，我喜欢

喜欢经过窗户很高的彩色石屋
喜欢被人们用旧的字
喜欢蓝天仅用蓝色的表情
枫叶披着月光经着霜
我喜欢即将来临的事物
喜欢没说的甚于说出的

我喜欢心在心内，时间
在时间之外
喜欢灵魂甚于五官和四肢
喜欢今生甚于来世
喜欢苍老的沉默甚于年少的心事
喜欢掌纹里抽象的别离

好吧
我喜欢说出所有的喜欢
就像不能说出的
它们的来源

清明的信鸽坠落

一定有光穿过灵魂
它听见光年之外的声音

清明的雨丝从无垠中来
它在无垠的悲伤中折翼

一定有摇曳的烛火
是为了祭奠，被撕裂的凝视
一定有七七四十九天的徘徊
它在徘徊的悲伤中坠落

在微启的双唇和声音之间
来来回回穿越多少年

曾章团的诗

曾章团 中文系1988级学生，曾任南方诗社社刊《南风》主编。中学开始文学写作，迄今发表诗歌、散文若干，诗文入选《福建师范大学百年文学大系》《中国当下诗歌现场（2016）》《不老的长安山》等。出版有个人诗集《镜像悬浮》，曾获福建省第九届社会科学优秀成果三等奖。现任福建省民间文艺家协会秘书长、福建文学杂志社社长。

安溪铁观音

山脉拓写着天空
那草书一般的湛蓝，挥斥千里
包围了茶园紫色的光晕

在闽南的红壤地里
一株小小的植物
注定要长出锯齿状的
英雄主义，对抗缭绕云雾
注定要在凉青、萎凋、揉捻
和发酵中，剥下铁的锈色
让铁的灵魂掷地有声

多像昔年上山打猎的乌龙将军
将一株茶树
射入一口铁锅，从此每片茶叶
都是不朽的箭镞

即使面对滚滚沸水，也不能让
一粒茶米
改变铁的籍贯。汉语最终没有
征服闽南口音，改朝换代也从未
征服他甘醇滑润的金色传说

整个下午，我坐在水泥丛林中
每一口清茶，都有兰香回归血脉
每一次冲泡，都能看见
白马弯弓的身影
正带着南方的春水和秋香
回到安溪

摇　　青

黄昏像手掌暗了下来
晚霞和山脉
都是掌纹
托着一公顷的阳光
在风的身体里
发酵出叶子的青味和香气

以竹筛为祖国
以麻绳为军队
两双手的条约
让幼嫩的叶子适应成熟
让苦难的残水沿着叶脉
离心出深邃的运命

今夜，所有的茶树
都选择隐姓埋名
纷纷放下成长的刀剑
用发酵忍住悲伤
在皲裂的掌心下
漾出观音的慈怀

当生活的史志被一再涂改
唯有茶叶仍醒着
像一颗颗经文，劝诫着人们
褪去兵甲，披上袈裟

梓　路　寺

轻如秋雾的古寺
在徽州的墨色里耸立
圆塔高过蓝天淹没白云
一扇门醒着
同行者心照不宣
只有缓慢和寂寥

把深秋捏进米粒里
捧着两只碗
过堂的手臂
放开三千亩的奇墅湖
我止语
这时的心就是一粒微尘

湖水之外还有湖水
钟声之后还是钟声

月光拍打禅院
胸中的雪山
披挂着神性的身影
星辰划过天宇
碑立静处字无声
唯有光停歇的脚步

捉刀的男人

一壶茶渐渐凉了下来
一个安静的男人
捉一把刀坐在午后

刀在石上走
石头归石头
尘土归尘土

更多的时候
这个男人从镜子里
取走刀锋和失散的棱角
他是那个早已把自己
刻进石头的人

一把比时间还坚硬的刀
它因腐朽而更为锐利
它随那个男人老去
但那光芒却从未离开人间

瓷的修行

一个陌生的人
在古窑旁
用一盏茶
把红尘和繁华
挡在岸外
造一座自己的宫殿
与山对饮
和飞鸟对话
还守着明朝的窑火
卷入晨曦又独对苍穹
每个清晨都有一个男人
翅膀收起
在老樟树下

坐成一尊何朝宗大师的观音
用粗砺的手打磨情感
泥土在他指尖
听风而歌

只为留住心中
这一片片小小的泥胎
他抱来成捆的薪柴
让天空瓷一样白下来

在火里打坐
空心的瓷
比月亮还透明

彼　岸　花

看得见的花都开了
无叶，无果，无机缘
在它们的族群里
我们就是彼岸

红色的曼陀罗有自己的
假想敌，白色的曼珠沙华
得到了深夜里的吻
我们当中，一些人的早晨
有可能突然遗失
而在不知名的旷野里

我们会遇见
新长的枝，含露的蕊

花开在土里
我们从那儿得到春光
花开在我们身上
世界，将从那鲜活的血肉
探知永恒的秘境

我们是花，花也是我们
所谓的彼岸
就是这样的一个瞬间
我们从花朵那儿
得到了心跳
而花儿，它多了另一副躯体
从未诞生，也从未枯萎

沈春玲的诗

沈春玲 中文系1988级学生，曾任南方诗社理事。现居海外。

生存选择

这是最后的日子
战争终于开始
人类永远以固定不变的神情出现
选择生存
而无法挪动脚步
撒哈拉沙漠的天堂鸟
是什么形状
我无法不追究到底
陷入长长短短的电波
陷入小道新闻
陷入眼泪和鲜血的陷阱
爱与恨是同一名词
我们在上面发芽并且日渐茂密
阳光充足的日子
我们无法掩饰弹孔和斑点
蛀虫在身上啮咬的印痕
在不可更改的主题出现以前

人们
选择生存

弈　　者

多长的间隔成为漫长
这种动荡的安宁
在同样的季节　同一地方
做着同一件事情
每一个瞬间
似一朵迅速凋萎的鲜花

面前一副象棋
意味着永不回头的出发
海水正蓝
在岸的对面
如何以最大的可能
抵御身前身后的　寒流

为什么迟疑
不肯落下手指
落下我们永久的安宁
智慧　宽容或者仇恨
左右冲突

一生用多长时间
折磨种种永恒的命题

折磨柔软的手指
才能握住
瞬间

国画岁月

穿过世纪的长廊
是我语不成声的期待
踩响一路寂寞
日暮时分
有风云撕裂画布
未完成的风景已布满
苍茫的青苔

秋风冷涩
我艰难的诗行
这每一季的落花
空阶静寂
常青藤攀墙而过
滴落的不是墨汁
疯长的不是思念

在灵魂的深渊里
荒芜的歌声怦然绝响
是最后一根易断的弦
我黑发的丛林瑟瑟轻响
季节最后一次狩猎

流水炊烟
宁静得让人难以置信

从未错过
每一次晚钟的祈祷
青草再度芬芳
你荒凉的呼吸
像惊悸的眼神
麋鹿飞奔而去
谁是射伤你的猎手呢

向理想妥协

通过什么方式令你明白
其实并不重要
图书管理员目光停滞
我以震惊的神情出现
海浪汹涌而来冲击大小山石
而我就是那只小小红帆
我知道从此岸到彼岸
没有别的选择
所有的曲线弧线起伏
都是不平静的诱惑
至于将在哪一个漩涡沉没
只有沉默，我的身影
我以海水的姿态冲向峰巅
又在黑夜里化作绝望的礁石

最后我终于向理想妥协
绘下秋天的每一片叶子时
我将死去

拨错号码

拨了三次电话
号码里仍不是你
大概是错了我错了
为什么一到雨天
每个电话亭都拥挤不堪
是熙熙攘攘的心情
令人忙乱，片刻闲暇里
我看着行人
映在玻璃门外的剪影
连成一条变色的河
窒息的鱼吐着白沫
无所依傍的是街灯
闪着痴情的颜色
我没有放下话筒或举起话筒的
勇气，每一次选择之前
我总是
无所适从

树的意象

在杂乱的黑发丛林
你长成一棵树的意象
风景从这里开始
在我清醒的理智里无望地告诉你
用左手用右手
写你的名字总不成规则
一夜之间灵感倏忽出现
又倏然走远
用残余的积木搭一座古老的城堡
我看见大厅
壁炉燃着中世纪里的余光
那娴静优雅的女子
塑成蜡人，以美丽的神情
填补许多世纪的冷漠
而我
无法走远

简清枝的诗

简清枝 物理系1988级学生，南方诗社社员。曾在《诗刊》《十月》《诗选刊》《星星》《扬子江》《福建文学》等报刊发表诗歌、散文作品400多件。出版有《漳州戏剧的源流与传播》、文艺评论集《大道至简》、诗歌集《清心闻妙香》。

一只鸟在窗外叫了半天

一只鸟在窗外叫了半天
叫得叶子发绿，雨水滴答
它就这样，从我注意到的二月开始
它重复着几乎一致的音调或者语言
一只鸟从春天叫到春天
它那么势单力薄
似乎要和谁吵翻
但，绿很快将它淹没
还有风摇摇晃晃

一只鸟，在我的窗外叫了一整天
叫得邻居那女孩春心萌动
我甚至不知觉地忧伤
当我忍不住也唱起来时
花朵簌簌地扑向我

扑向一个男人亮亮的额头

一只鸟，在我的窗外叫了一整天

从大同路开始

风捋着老榕的根须
夜晚背转身去
良久的沉静
大同路躲进小城的僻处
深秋忧郁地摇落几枚青黄的叶子
那个摆烟摊的男人
此刻已经衰老下去了
一些亲切的朋友
正跌跌撞撞地远走
那残破的纸灯笼
像是布满邪气的鬼魅
它们一直不言不语

从大同路开始
我长发凌乱行色匆匆
然后将头埋入灯火
而黑暗让我看得更清晰
从大同路开始
世界寂寞得只剩下车水马龙
车水马龙

回　到

可以听见一条河流
旷野与沙砾之间的风
四季奔突，整夜的花朵散佚
似乎都要回到时间的深处
和命运的腹部

这个过程改变了多少事物
我们双手苍茫
谁曾拥过一朵真正的云彩
而春天将在吉日抵达
一场柔软的爆发
悄悄地萌动喧嚣的梨花
正回到山野、雨和劳动
那片隐秘的心田

我爱书洋

那个老镇名叫书洋
现在正经历一场雨水
远离我百里之遥
长满艾草开满梨花
我大学毕业
生活五年
打发一堆发旧的日记　一段青春

然后仓皇逃离

我是这个老镇上的叛徒
面对贫困和单调的生活
寂寞常常在午夜里失眠
疼痛的初恋是一生中最为艰难的时光
就连烈酒也无法为伤口消炎
只有揪心的校园民谣
在许多个黄昏像幽灵般飘荡

我向香烟投降
向粗糙的米饭和生活投降
有时　我把双手搭在落满尘埃的诗集上
揣摩希望与绝望
后来在某一个秋天
背起简单的惊疑
再一次背井离乡

现在的书洋
每天都会有一些新的消息吧
梨花开放梨花跌落
一帮兄弟高举清品的手
书声朗朗——“大地洒满阳光”

书洋老镇
我看不清你发白的容貌
禾苗、苦苦的艾草和等待
在每一场雨水中

我才知道自己
为什么有时候会双眸发潮

阳光就这样无声地溜走

阳光就这样无声地溜走
就像依着墙角偷偷跑掉的孩子
一棵树看见了面前的一切
它叶的手掌拍打出
轻轻的声音

阳光就这样无声地溜走
雪　赶在路上
就像蜻蜓完成了交配之后
暗灰色的河流上面
渐渐变轻的飞翔
一只裸露的石子
站在水中
它惊恐地张开嘴
收拢着这突然的悲剧

阳光就这样无声地溜走
纸风车已竭尽全力
此刻，只有风的死亡残留在屋顶
它发白的衣裳
像是一个少女营养不良的脸庞

这九月的闽南
巨大的圆土楼吐着一口气
它与世界无争的模样
正被时间一次次地风化
这黑黑的故乡
三十年来一直在等待的表情
醉过去的人
梦都显得心事重重

而阳光就这样无声地溜走

进城的羊

每天清早 6 点 30 分
一只羊的叫声都会从楼下飘上来
飘进我的梦里
然后，我知道了那只进城的羊
又把热乎乎的乳房敞开
把粘稠的营养挤进一个个嗷嗷待哺的瓶子
一只进城的羊
用最赤裸的方式打工
然后走进下一个小区

一只进城的羊
从未向这个城市索取
我甚至见过她有些慌乱的脸
但她从未说过什么

早早地进城，然后回家
回到那片熟悉的草地和村庄

一只进城的羊
一生都在营养着小区，城市
唤醒一个个乳白色的早晨
像我那沉默寡言的姐姐

李正光的诗

李正光　男，1972年生，文学博士。中文系1990级学生，曾任福建师大南方诗社社长、诗刊《南风》主编。高中时期开始文学创作，迄今发表文学作品、学术论文、电影评论逾百篇，出版专著《文体写作学》《碎片化的影像》《中国文学与中国文化专题》等。现任福建广播电视大学教授、教学管理处处长。

梁　野　山

题记　梁野山是武夷山脉南段最高峰，位于闽粤赣三省交界的武平县境内。

多年以后　梁野山
想起你就有一种攀登的欲望
在心底缓缓铺展

在南方三省的心脏
梁野山　你是一件端庄而浑厚的装饰
阳光下　樵夫的山歌开满山路
游者的脸庞灿烂如花

曾几何时
我儿时的梦想
像那无边无际的青草

从河边而来　绿到山顶
我开窗见你　日思夜想
什么时候能骄傲地离开你
曾几何时
我在人生的道路上风雨兼程
意气风发
义无反顾地与你渐行渐远

到如今　我终于停下了脚步
才发现　你是一张迂回曲折的地图
我像是一株迷路的常青藤
自南而北　自北而南走了多年
却始终无法走出你溢满乡情的版图

梁野山
请让我在你绿色的绸缎上
肆意地歌唱
请让我在你的腰间采一束最美的山花
装饰渐老的母亲
在你身边　我又看到了童年的天空
纯洁而宁静　高山流水
我又似乎重新充满梦想　想要远行

叶落了下来

——给退休的父辈

叶落了下来

你慢慢地穿过城市的隧道
走向乡村
另一个生存的地方

叶落了下来
你举锄耕作
土地的深处
你的汗水在滋滋生长
你的手不再飞翔
叶落了下来
在这微醉的黎明
你在摸索着粮食和烟卷
你的心以另一种方式充实起来
你的躯干重新强健
叶脉再次运输绿汁和生机

叶落了下来
美丽的秋天已经过去
生命的波纹
在另一个季节的湖面上荡开

在夜的深处想念爱情

是谁的手
拨动这忧伤的古筝之弦
让我在这极深极深的夜里
无法坚强，诗歌

这朴素的财富，在今夜
已无法满足我普通的欲望

想起那个结满阳光的午后
你的双手交叠　神色匆忙
一头黑发闪出金属的光芒
最初的手握　我们已互通了气脉

如今，千里之外
你的真气无处不在
但我却无法体验到你汗湿的手温

今夜
歌声中拉长的忧伤，让我
温柔而脆弱
真想就这么倒下去成一粒沙
就这样静静地　缓缓地
铺向你长满绿色的家园

美丽的水果

在阳光缓缓暖起的晌午
美丽的水果　你宁静
丰润　散发出光泽和纯香

蓄谋已久的手　在伸出的那一刻
停顿　无法承受美的份量

美丽的水果　一个用手无法到达的
终点　为什么
却靠我这么近

在我极其虚弱的时刻
美丽的水果　芬芳的陷阱
总像音乐般若隐若现
让我无法抓住　又无法摆脱

青中透红　是不是一种狡黠
深入内心　浑圆而弹性
让你在爱情的国度游刃有余
居于青枝绿叶之间
是谁把你观望
又是谁把痛苦的目光移开

美丽的水果
一个用手无法到达的终点
让人的内心永远充满了欲望
和力量

小金鱼之死

小金鱼
我在等待你死亡
好将你埋葬　让你归于泥土
我束手无策　只好缄默于心

就像秋风已起　繁华落尽
记忆的花瓣　离开黑黝黝的树干

洁净的鱼缸
像一面往事的镜子
曾经的长袖善舞
如今未留下任何痕迹

最美的旋律　总是稍纵即逝
空留一幅表情
在深秋的幕后
风起于此　风停于此
心情就像地上滚动的枯叶
发出窸窣的声响

翻转　翻转　翻转你的身躯
总归有你的去处
轮回　轮回　一切世间的轮回
只是造物主抖落的点点尘土

总有新生的欣喜
总有逝去的神秘
远方除了辽远一无所有

不如归去

天光云影　一年将逝

思念像关节的疼痛
被湿冷的空气侵袭
寻找春天的目光　在何处停留

平日里忙碌的游子
总会在此时聆听到舞台的寂静
在寂静中怅然若失
在怅然若失中泪流满面

春来冬往　归去来兮
岁月被挤压成一张小小的卡片
散落在来不及整理的人生册页之中
年复一年　不知老之将至
年复一年　不知将往何处

圆圈不圆　时间不逝
远处天际隐隐的雷声
就像故乡若隐若现的鞭炮声
内心突然涌出一股温情

不如归去　不如归去
只是远在家乡的小树林
还能否安放我躁动的灵魂
只是　多年未见的你
是否还依然如故

林伟的诗

林伟 1970年生。中文系1990级学生，南方诗社成员。大学期间曾任《长安学团》副主编，作品发表于《大学生》《青春潮》等，获“诗神杯”大赛优秀奖、“闽江杯”文学创作大赛一等奖、福建师范大学中文系创作大赛三等奖等。现任职于福建师范大学。

秋天的夜晚

你要这样地想起我
秋天，这鸟声消逝亲人远去的夜晚
聪，你要想起我
用一个手势　或山歌中感人的一生
感动我
让我看见爱情是荣光的一种
在你温热的掌心中
绽开一树灿烂的花瓣
让我交出永世的感激

秋天的夜晚是诗歌的夜晚
充血的眼睛握住一夜的真实
十里外花开无语风逝无声
聪，我的躯体注满了你的气息

不要再让我独在异乡
告诉你的灵你是我唯一的情人

从秋天开始　从今夜开始
我只剩下诗歌和笔
黑色的潮水漫过水湄的家园
聪，我至爱的人

盛一汪上好的秋水擦洗我的伤口
让我守住脚下这方高贵的水庄
用你澄澈的眸子迎着我的思念
让我夜夜的忧伤因你而意味深长

村庄的孩子及其他

秋天，稻子成熟了
村庄的孩子打老远归来
土屋旁蹲坐的老父亲
旱烟管敲落异域的风霜
成石板路上青苔点点

村庄的孩子是我
我是村庄的农民的孩子
很多年前，我
和村庄一起流浪
走进一座很冷的城市
土布衣裳在霓虹灯下想家

村庄的季节在城市的背面
影　影　绰　绰

田野上种着祖先的稻子
山风撕扯着稻草人
撕扯着黄昏的村庄
村庄的孩子用泥制的手
感觉稻子拔节的声音
原色的血流过山川和时间
村庄孩子的呓语在麦浪上
击节而歌

地瓜酒中
姐姐十月的乳房开始风化
成两颗溪涧的石头
父亲把酒的手掷出
击中一枚苦涩的山果
山路上有后山娃的叹声彳亍
媳妇的彩礼在山雾中缭绕
在另一个山坡　庄稼成熟
所有的稻田在风景之外焚烧
遍地的乳汁

在乡村中学实习

九月，天气慢慢地凉爽
整个秋天

我都在一个名叫南屿的地方
和一茬散发泥香的孩子走进课堂
我饱含黄金的语言
和着道德、纪律和诗篇
默默渗进孩子们稚嫩的思想

一方乡土一方家园
捧着理想我和孩子们来到水边
接受新鲜的空气和阳光
并用咸菜罐打捞渐渐下沉的诗歌和希望
上午，阳光正照在三尺讲台
我看见自己如一株成熟的稻穗
在阳光下发出高贵的光芒

现在许多人都活得匆忙
能让老师的心系于粉笔灰实在很难
而我情愿如吐丝的春蚕
真实的手指点一豆不眠的灯光
因为平和的声音不适合歌唱
我只想听见自己日渐浑厚的嗓音
在古典的乡村上空轻轻飘荡

实习后我回到城关
那时，秋雁高飞，冬天将至
阳光和空气也许更加宜人
我大概还会写些诗
或在十月的窗下彻夜读书
孩子们，我真愿是一角不变的蓝天

永远泊着你们美丽的眼睛

还有水鸟，乡亲和炊烟

邓庆周的诗

邓庆周 福建上杭人。文学博士。曾用笔名舟子。外语系1990级学生，曾任南方诗社社长、《南风》诗报主编。现为集美大学外语学院英语副教授，中外文化比较研究所所长，从事中西诗歌及文化比较研究。诗论、诗作散见于《诗刊》《当代诗坛》（香港）、《福建文学》等期刊。

考场意识流断肠草

题记 2015年7月7日，美岭0312，英语阅读考试，某班某生（列3位2？），非美女丑女，沉入阅读会心微笑。

一

思想把肉身打开
铺平　延伸
剔除重　留下
轻盈

二

皮囊抖落美丑
灵魂自浅笑中
依依析出
渐次开放
窗外凤凰花

不栖凤凰
没有花

三

穿墙越耳
“水晶湖郡”
打桩声声
或轻或重
时起时落——
是时光背后的物质
物质背后的追问：

这个时代的更年期
苦自何来
乐归何处？

四

阳历 7 月 7
误把“气虚”当“七夕”
撩拨南北
三地城愁

桩声再起
零零落落
盛夏七月
虚不胜补

远远近近

桩声余韵
谁之余韵
与街头铿锵殡仪队
渐行渐远锣钵声
几无二致

五

鼓胀的审美
长发掩映
半壁江山一条腿
苦苦拉动
内需

六

领导准领导持仓领导
巡查已三
一间间拾捡
稀松颔首目光
意犹未尽

千年养护的一只蛊
须发已白
而雄根未泯

七

读者读《读者》
九十有三齐白石
故事

重新励志

灵感源自何方？

原配续弦再续弦

糟糠不下堂

美女忽成行

网友仰天太息：

五十而知天命

人生刚刚开始

……

李黎东的诗

李黎东　福建安溪人。中文系1990级学生，南方诗社成员。现居安溪，任教于安溪第六中学。

光所覆盖的山谷

光所覆盖的山谷一片寂静
那是雪的天涯很少行人光顾
清澄的泉水流出山谷
最早的桃花在一涧清冷里开上了山路

容纳了世上的所有喧嚣
溪旁有位浣衣的少妇
不是浣花的日子但春已快到
我看见她洗了又洗像是要把旧日的尘浊一并涤去

零落的还有她身畔婴儿的啼哭
遥远的异地仍骚动着不安与恐惧
这溪流总要归向大海
深不可测的蔚蓝与半涧青云迷惘着天地的正色

不久后我就要离开
离开丁香空结的江南或是夕烟沉霭的塞外

当我归来　疲倦　宁静或是期待
树荫垂天　人已走开
光所覆盖的山谷只有停云叆叆

灵　犀

时光流过淡淡物华，彼宇遥遥
洗翼清江，洗翼尘寰
回首凤凰台，台畔梧桐依风
凤凰池中碧荷绰约，去日里的梅依然凌雪仙姿

别离太早　故人迢迢
绿竹樽空满　无语西楼
弹去凌虚阁的凡响
挥去千古变幻的浮云
曾经的星会萍散经年
一曲流水清音相送　送你出了桐木出了蓬门

大野空旷　晨曦四照
秋日打开一面琴
横置古今一架素心的琴
无弦而王

初月如眉　澄明洞彻古人来者
幽州台还是清明上河图
前尘余事茫茫
望中的河向远

无涯的秋水　浩渺了你的生平

十八溪印象

仿佛今夜初醒的溪声其实一直穿行在心底
没有音像没有踪迹
仿佛从离别那日起就彼此忘了曾有的相遇
红尘草枯草长
天空湛蓝依旧
风吹行客的影子
漂白的卷册如时光干干净净

这一走走了多久多远
回头已不见峡中高悬的明月
南北东西
日光与灯光催促着你我的脚步
酒绿花红
摇曳如风中的尘埃
微躯营营
碌碌中将颗颗明珠洒落

今夜重临
那条美丽的青青山路
一川的碧水深深
望中的瀑布切切
水畔的人儿倚腮凝思
滩际的篝火热烈隐约

流过什么样的山石巉岩
映过什么样的云霞日月
一支宁静的远逸的流水的歌
一首古老的深藏的蒹葭的诗
一路穿行前来不约而至
冲去时光画廊十八重的缄封
你如幽兰出谷　少女浴后
兰芳幽幽　秀发漉漉
一路穿行在我的青溪幽谷
一如当年我远道而来
只为将你清纯的容颜轻倚一夜

致　大　海

——曾经的梦曾经的歌诗：年代记忆

我一如既往地爱着你
一如既往我深深爱着
一切显露出来的奥秘
那些简洁明了的一切

我仿佛从未看见
当我从你的渊深走过
我仿佛最初的游子
走在你最初的秋色

生命的碧水无所不在地流淌

微笑的灵魂在阳光的柔影里灿烂
锤炼的铁　锤炼的你已成钢
如今在世界的波光里深情地摇漾

都会记得，也都会有所遗忘
云霞的翅膀　轻翔于悠悠的天际
淡到无有的心里
你曾用最澄澈的虚空包容了更为澄澈的万物

如今我来到了你的身旁
如今我来到了，这旧日的世界
我久别的故友，初识的征朋
我来到了永生之地，临近着你蓝蔚清灵的神幻

让我们醒来，在经久的寂静与沉默
这汹涌着至美与至圣的磅礴之梦
这汹涌着混沌而又至一的涛浪
让我们相对醒着，更让我们笑枕惊涛恬静地沉睡

告别一切负累，说一声告别
或者就此离去
当你来到我的心间
痴爱的你啊，无由而又永久的

只有澎湃，只有升腾
再无清浅，再无边际

子的情诗

今夜的樽酒，解不下半世寂寞的罗衣
无言的狂野深埋如地心熔岩的梵唱
轻回的是佛陀拈花的微笑
像是你青春年华的诗稿　早随云烟

怀柔着你的这座光阴小城
流水消蚀着你如菊之淡的明月弯刀
独饮一杯春深与盛夏
阳关之外无需阳春白雪

爱你水晶模样的梦
如同爱着漂泊尘埃的自己
爱你千年孤独的脚步
回响千年情爱的跫音

浮云无法开怀的
峰峦如此静寂
满城灯火悄然
夜的歌者　观琴不语

愿留你于无边的酣睡
留你于初见的世纪
岁月从容走过
从不惊动梦中浅笑的你

默观掌上渐次的千城

轻勒银河青草的白马
信步归去呵
偶尔回望九州沧海轻漾你容颜的众水

赖文龙的诗

赖文龙　中文系1990级学生，南方诗社成员。现居西安。

歌唱是一种喉咙的痼疾

你使太阳升起　百鸟鸣啭
四季成熟和你满月般的乳房
为了你，走向广阔的果园　祖先的遗产
跟着我来，女人！有你在身旁
面对火中的栗子我的手如此勇敢

你满溢爱情的杯盏　占据我
如同这片土地压上我的声带
绷紧我　阳光之外唯一的琴弦
混沌的海啊　我的心是一支重大的鼓槌
无时无刻击打你无声的呐喊
疯狂而忧伤　我的痛苦顷刻凝成火山岛
冲出你黑夜的沉默　幸福沉默
傲然独立　栖止风　帆和鸟类
不要问为什么　把所有的羊放出圈
当岁月成熟　我就要为你把它自桃树上摇落

女人啊　你不能不爱我　爱啊
使我们成为大地向天空里献的圣祭
没有什么能阻止风雨和日子
我们播下自己　风雨中拔节成长
人们啊　爱我吧
我是你同一个果壳里的另一粒花生仁
为你结成一个痛苦的茧
剥开黄土塬一样的壳　让我们血肉相见
地里生长的　有地表的沧桑和风霜
夜以继日　为的是赶在日落之前
出现在你视线的尽头
唉　爱　不要感叹我只一瞥
就消逝　骑着闪电　音讯渺茫

不安的风啊　你也在找家吗
你的十字架在那动荡不安的桅杆上
只要我活着　就有人为你歌唱

走向自己

阳光下迈动的步伐和影子
随我　浪迹四方
脚在路的上方
影子在石头和海水之间滑翔
驻足凝视
影子附在壁上企图摆脱实物
同时深感无法深入的痛苦

蝙蝠的鼓翼淹没黄昏
我振臂欢呼
蓦然惊觉张口失声甚至
看不到空中惊愕的手
失去影子
失去了最后的亲人
楚声四起

重新上路
日升与日落　雨水和阳光之间
我寻找影子
深藏爱的信念
穿越透明的石头钢质的海水
身后留一条绵长的隧道
（隧道中总有风或熹微的光）
走向自己　做一个平凡的人
歌唱着或者哭泣
平静且安详

万孝献的诗

万孝献 男，1969年出生，籍贯宁德。中文系1990级学生，南方诗社成员。现工作于宁德电大，文学硕士、副教授。

街中头光饼店老师傅

终老于百年老店
终老于千年古街
终老一件事上
对人生来说
其实挺好
而这些你都拥有

我穿过小城来看你
没有和你说一句话
不同的岁月
你的光饼
没有变老　也没有
变得更年轻

你不会知道
站在你面前的我

曾经很有可能会是另外一个你
在另一条老街
操持另外一种行当
百年手艺　家族传承
你的是光饼
我的是鱼钩
还有更多的
是和你一样
曾经遍布街头的各种谋生
我来看你
其实是看望自己

我不用和自己说话
一朵小浪花就把一切都卷走了
我失去了我的码头
我来看你
只是想暂时借用一下你的
停靠

你已经很老了
和这条老街一样
这是你的幸运
因为破败　暂时被饶恕

母亲的菜园

母亲的菜园安在楼顶

种菜的时候是她最幸福的时光

父亲不爱干活
最多给她打打下手
那些肥沃的园土
是我从乡下运来
一袋袋提到楼顶
母亲老了
已经提不动稍重一点的东西
但种起菜来
却像一个熟练的老农
这一点令我诧异

生活在水泥城市的居民
土地是一生的奢望
母亲年轻时围着灶台打转
把儿女慢慢抚养长大
等到年老了
终于有了自己的空闲时间
才开始谋划开辟
属于自己的一小片“土地”

菜种在泡沫箱里
整整齐齐　各色时令品种都有
母亲种起菜来　动作那么娴熟
和她年轻时照顾孩子一样自然
邻居阿姨受母亲的影响
也纷纷摆开阵地

忙完家务就开始伺弄菜园
每天计算菜苗生长的速度
和啄食的麻雀展开耐心的战争
围着各家菜地　品头论足
好像当年谈论自家的孩子

今年母亲生了一场大病
出院后谨遵医嘱　更少出门了
每天花更多的时间打理菜园
时间在绿叶的生长中走得生机盎然

失　眠

我相信每一个失眠的夜晚
都代表着一次漫长的人生
我相信每一个人
不仅仅是拥有今生
其实还拥有过
无数次的人生
你只是忘了
而它们的确存在
它们证明存在的方式
就是会在类似这样的夜晚
从你的身体中　慢慢浮起

它们和你促膝而坐
彼此围成一圈浓重的夜色

人数众多　面目模糊

每一次失眠都大同小异
让我开始相信
每一次的人生
都会无限相似
在什么时间
遇见什么样的人
发生什么样的事情
其实都早已注定

我要学会和失眠
以及身体中的自己
平静地交谈

睡　　衣

回家第一件事
就是脱下便服换上睡衣
这不仅是我的习惯
也是大家的
身体需要
没有戒备的放松
睡衣中的躯体更靠近灵魂

王隆滨的诗

王隆滨 中文系1990级学生，曾任南方诗社理事。现为福清一中教师。

落日的歌唱

题记 一只平常的鸟
在日落时被放飞

太阳已跋涉得用眼睛触得很痛
太阳你和谁疯和谁共舞
你的伴奏你的鼓点在哪里起
大地的树和着大地的风唱
太阳
你红红地降下的时候
你为我唱　唱啊
唱那祖先的鼓舞
唱那漫天踏起的尘土
从这片林子飞越那片林子
先人收获红色　血液和死亡
红布一直飞到中午
先人的鼓点在万年前
在森林深处用死亡捶起

原野在心中抖动成一场暴掠
红布一直飞到中天
巫点燃了原始
先人的脚踝在火中想念
想念血液
红布一直飞到中天
先人的头发从远古中飘来
先人的手在远古的天底牵着太阳
巫从远古的树下幻化
旋舞着喷射血液
哦——哦！呼号声跳跃如海
血液，尽情喷射如世界之水
先人叩击大地
一簇太阳滚动在粟谷之中

那么多太阳　那么多太阳
红红地升起　红红地降下

树梢之末　河之边
先人的步姿踏落婴儿的啼哭
女人的腰肢在阳光中如波如浪
鼓点在原野上汇集如一树之果
先人泼洒起浓浓的雾色
黎明重演　晨光四起
先人叩击大地
诞生啊诞生
太阳缓缓飘出土地

那么多太阳　那么多太阳
……

春天：歌谣的起源

八面来袭
春天
和我一起躺在园子的中心
洞穿八方水土
在花朵面前
脱掉肉和骨的衣裳　有如花瓣
有茧的手心　起血泡的脚趾

花粉御风而行
怀有生子的热望

养蜂人放蜂　牲畜在吃草
春天
和我一起躺在园子的中心
秘密谈话逐渐被风流传
被风流传的
流浪的歌手反复吟唱

在节日　在婚礼庆典上
调子凄苦的喜乐反复吟唱
（姐姐着盛装
妹妹着盛装

真心的宾客
请干一碗酒
大家今天来欢聚
牢记今天开的花）

春天
和我一起躺在园子的中心
名字叫鱼的火
名字叫鸟的火
或叫蚯蚓的火
在阳光的梯上　纷沓而至
春天
我寄居的最美的旅馆
在后院　花开如火
春天　春天
送走的歌手
歌手们肩背木琴　草鞋和饭钵

雨水入秋

如此心碎
雨水在秋天
从渴者手中接过水杯
人们无比亲近
到了听不到心跳的地方
丰收打扰了谁
上一页祷词

和下一页祷词多么不同
谁也请不动谁
在南方人人扎根
离开的人在火里消失
有所怀念　有所相忘

我听到母亲的胸前在下雨
雨水遗弃的人类
怀着恐惧看到爱情
水中湿润的两个影子
我仅仅看到这里
一点也不想告诉你
雨水到了秋天

我不愿看到第二次下雨
少女怀抱衰老
她们在哭泣
我不愿看到雨水进入深秋

1992 年夏天：我经过三个村庄

把你带到这里
你怎能洗尽肩上的尘土
抱恨是一回事
一生幸运是另一回事
在村庄　除了夏收
婚姻的先兆在半个村子传播

整夜　我都在村子
听着声音　走入民间的黑暗

一只喜鹊正在睡中
所有的人都小心翼翼
早已祝福　早已陷入农忙
打造语言的工匠沉默终生

但是整个夜晚
我一直只身抚摸着黑暗

谁说过隐约的火
热风燃烧的门槛
跨过去见到新娘
忧伤新娘
泪水新娘
都请让我整夜从事遗忘
看到果树　看到了果树
我张开的眼睛
痛苦而丰硕

万物的结局近了

甲：我们的草木在瀚海上
　　我们的建筑在干涸的谷底
　　在收缩的黑暗里

人类的居住更深

没有人偷看　没有人恋爱
没有人在时间里击鼓
那哭的腔　那哭的调
夜里潮湿的黑色
高过了尘土

高过了尘土
飞鹰的思绪和创痕
乙：是的　天体破碎了器皿
拒绝命运的鱼
在星星的深处破碎了自己

是的　你们抱在一起
分开了爱情和生存

丙：还要大量的泪水
从海岸返回
像失败的雨回到居所
万物的海岸限制漂泊
万物的海岸限制流浪
更年的母亲起身
在血泊里抛下生命
更多的春天要降临
更多的春天覆盖秘密

甲：今天和火在观看

火焰和人类的跳舞者
在内心挣扎
今天的火在观看
今天的火飞翔扯着火焰
今天的火是内心的眼睛
今天的火
拍打在万物的海岸
子夜的安息

丙：忧伤握住万物的笛子
在夜里
万物从笛子里流出河水

万物的河水
不绕过人类
万物　谁的乐器奏鸣？
谁把孩子掼在万物的海滨？
是谁？不绕过人类

丁：来吧　果实的歌唱
众水低吟
众水中舞蹈的花朵
裂开芬芳　忧伤的灵

来吧　浪子和仆从的驼队
运往他乡的出产
来吧　在果实里歌唱

来吧　沉睡的音乐
透明的婴儿归还怀抱

辉煌胜太阳

来吧　羔羊躺入果实
来吧　羔羊躺入果实

胡碧福的诗

胡碧福 男，1968 年 10 月生。外语系 1990 级学生，南方诗社成员。现在福建省诏安县四都中学任教。高中时期开始文学创作，已在《诗刊》《诗神》《福建文学》等刊物发表诗作近百首，作品连续两年入选《中国年度最佳诗歌》，曾获"诗神杯"全国新诗大奖赛三等奖、漳州市首届郑子瑜文学奖，与人合出《漳州七人诗选》。现为福建省作家协会会员、漳州市作家协会常务理事。

词

让我进入一个词，
进入秋天的空气和雨滴
找到广阔的空间，回旋的余地
让我拆开一个词
拆开毕生热爱的武器
找到黄金和意义

我必须花费一生的时间
把一个词的两面擦亮
让它发出好听的声响
我要通过一个动词热爱劳动
通过一个名词找到粮食

在一个词里，秋天的腹部
我看到一片好天气下
人类的作为，诗和艺术
这一切是无穷无尽的矿藏
使我置身于万有的境地

壁　　虎

我认识你，但我不知道你
来自哪里
短短的尾巴，小小的脚掌
瘦弱的身体就像我
早亡的兄弟

你张望或沉思
总露出忧心忡忡的样子
你爬动或栖息
黝黑的面孔总带着些许忧郁
你躲在屋檐下
阴暗的角落正适宜远离

多少次，在我写作的时候
你在墙壁上向我远远地注视
细小的呼吸，温热的口气
仿佛近在咫尺
仿佛只要我伸出手

就能触摸到你宿命的表皮
你谦虚、胆怯、神色犹豫
仿佛对我有所提防
仿佛对我的写作表示怀疑

丑陋的精灵，我同名异类的兄弟
你来自幽秘的世界
那里，黑暗是你的居所
孤独是你的粮食
当夜幕又一次降临
我看见你伤感的面容在夜色中闪烁
神情游移不定
仿佛渴望着支持和友谊

破产后的糖厂

破产后的糖厂，甜蜜的事业变得苦涩
人去楼空，整个宿舍区显得狼藉
鸡棚破旧，晾衣绳空荡荡
游手好闲的表哥仍旧待业，表姐远嫁
她的闺房最终成为书生宿舍——
一家糖厂的破落，成全了一个书生的避居和阅读

破产后的糖厂显得破落
还是破落的糖厂终于破产
这也许是一个值得深思的问题
但是，今晚，我在破产后的糖厂散步

我感动于那荒凉和沉寂

荒凉、广阔，正适宜远离和沉思
但是，在一个工厂的废墟上
我思索哪些问题?
相对于一个工厂，一个书生的思考
是否显得无力
假如生产继续，上班，下班
生活还是原来的样子
一个工厂，是否还能够接纳
一个书生不合时宜的追问和质疑

荒凉，回到荒凉
今晚的散步让我感觉到一点
清晰的寒意
黑夜降临疲惫的工厂
孤立的电线杆斜进暮色
青草没膝，月光移过破旧的院墙
墙角的阴影中，籁虫在瓦砾和露水中低吟
——唉，是一个工厂的破落
成全了一只蟋蟀的清唱

半　夜

半夜，有人在睡梦中翻身
市场已经沉寂
白天摆过鱼摊的地方

仍飘着淡淡的腥味
半夜，颓废的外乡人
投宿于破旧的旅馆
走江湖的人在梦中
走过钢丝绳

半夜，凉风贯过贫屋和陋巷
深巷犬吠，婴儿啼哭
牛羊闪烁着不眠的双眼
半夜，月光飘荡于旷野
听！忧愁的河水依然流淌着

半夜，穷困的书生犹豫不决
他感叹自己潦倒的一生
清朗的月光照着一首诗的一半
另一半，他希望在梦中完成
半夜，潦倒的书生惶惑不安
他听见妻子说着梦话
依稀似去年的呓语
抱怨着早逝的青春

冬季的庄园生活

冬天单调的土地
田野越来越薄
几间屋子
像几个空洞的词

收获后的草垛
像爱因斯坦潦草的头发
抽水机房的门已上锁
树都脱光了叶子
一条小路通向远处的湖区

一年一度，我来到这里
在我之前，一场冷雨
已经下了多日

田野空旷寂寥
我与一个农人相遇
他压低嗓门
阴郁地自言自语

我看着那人归去
不声不响
粗大的脚板踩过辍耕的农田

而阿福沉默着
他，体面的庄园主
收获后不知所以
农事结束了
接下来的生活从哪里开始

这样的提问使我迟疑
我不是你，既不能替你生活
也回答不了这样的难题

况且，你是主人，我是客
我总不能喧宾夺主，强词夺理
其实，说到底，我的内心比你更空虚
一个无所事事的浪子
来到你的庄园
也只是玩玩而已
并不是真的希望在这里
找到什么奇迹

冬季来临
你的一个仆人回到乡下
一个去走亲戚
瞧吧，连多嘴的阿通也不再说三道四
他一会儿做这，一会儿忙那
对生活完全没有主意
至于你的侄子，你说他老实
我依然看出端倪
他和丫鬟调情
在酒馆寻找刺激
满嘴的粗话夹着酒气
有一次，鸨母骂他：“下流的东西”
唉，他自甘堕落
我们也无能为力

冬季来临
天气冷了下来
打开收音机，不要问它从哪里来
有些地方下雪

有些地方下雨
到处乱七八糟
但依然有人差三隔五去赶集
给你带来些消息
大水冲走了龙王庙
镇长的女儿害了相思
远道而来的邮车陷进泥里
是的，冬季来临了
把生活置于尴尬的境地

你的妻子去镇上赶赴一个聚会
在某个沙龙，在社交圈里
她笑语嫣然，矜持的口吻说着虚假的话语
她的智慧日见其增，而青春每况愈下
只能暗地里着急
而你，老实巴交的庄园主
除了干活还是干活
除了唉声就是叹气
仿佛你从没有过上一天清心的日子
你啊，体面的庄园主
更像是一个生活的奴隶
一会儿把牛牵进栅栏
给小鸡喂食
一会儿把米送到生病的仆人家里
我也只能打点打点
帮你做些小事

天气很冷

我们也不能出去走走
幸好你家中还藏有一瓶老酒
你也不必宰鹅杀鸡，大作小题
干了！酒逢知己千杯少
三杯下肚
你已有醉意
“生活像雨天的养鸡场”
呵，看在老朋友的份上
请不要再谈这伤人心的话题
日子一天一天地过去
春风吹进古老的庄园里
天气转暖，河水泛蓝
鸭子下河
仆人下种
拖拉机下地
有人来报，你的妻子回来了
你终于松了一口气

春天来了
你站在窗前眺望，喃喃自语
一个人，感到从未有过的疲倦
但是，春天来了
生活，又得继续下去……
春眠
春眠不觉晓，处处闻啼鸟
慵懒的书生，你的苏醒带来
遍地的落花、雨水
一腔湿润的热血和心事

你醒来，披衣坐在床上
窗外，你的妻子走动、晾衣
翻箱倒柜　曝晒陈年旧事
而你一脸迷茫
拂不去突然而来的烦忧

“皇皇三十载，书剑两无成。”
慵懒的书生，一世的功名
仿佛只是春天的一场酣睡
或昨夜风雨中的一场宿醉
醒来遍地落花
鸟啼不绝如缕

我心烦意乱，合上诗卷
春天不是读书天
春天只适宜于酣眠
慵懒的书生
你带来了恹恹的睡意
我带来了新织的草席
我们正好混淆彼此
在春天的一场酣眠里
称兄道弟

刘伟群的诗

刘伟群　中文系1990级学生，南方诗社成员。现居福州。

“纽约死去”

——外滩画报肖像记

颚骨青青
视而不见
一杯咖啡让黄浦江潮涌

她在民国纸鹞成名
纽约死去

不必爬上云梯去看她
坐等自己的瞳仁撞入漫天的彗星
字书在焰与雨中灼灼
升腾又坠落

欢欣的鸟之状
如果实梦见花朵
竟由长久的蛰伏所赐予

如东方明珠照耀着紧致的
萝莉们，她们小巧光芒
是 CHANEL 的

上海……上海
彼时，亦有文字的珠玑闪耀
深浅采风者的云鬓

灯最终留在纽约的一扇窗
隔着海洋，隔尘土

“出名要趁早”
她的天真不屑
多像一个恶作剧

偷时尚的伎俩很多
被时间窃名的却很少
她死了
何谓《小团圆》

雨花落下

——重逢斯奈德

地球的映像扭曲了瓶子、花、阴影
立夏时分，书房里伐木涉水的
诗人，送来森林里第六棵松
锯和斧银色的弧线，韵律加强

它缓缓有力地滑入前五棵的静寂
犹如下半夜窗外的雨
滴答、滴答
骤然敲响了心头悬置已久的钟
40 年前，迷惘的他们
襁褓中的我
在汉英词典的前缀与后缀中两忘
一把丢弃的斧头
一件躲进雨中的蓑衣
一团火
就像皱纹、额前的白发、松果
就像雨花落下
淅淅沥沥的子弹扣动了扳机
他回来了

王诗萍的诗

王诗萍 外语系1991级学生，曾任南方诗社社长。现任香港博川集团董事长、中国文化产业投融资联盟常务副主席。十余年跨界文化产业和房地产领域，曾任英语教师、电视台新闻记者、房地产栏目制片人，创办过文化传媒公司、影视传播公司、演出公司、广告公司、管理咨询公司。

清 明

不知四月雨檐寂寥
风将冰凉吹过断桥
江南的清明 年年月月
用冥纸思念
用风铃道别
用她流了千百年的泪
滋养了一抔黄土

那一天的雨更急更密
在染满青峻的檐上哭泣
祖先用嘶哑的喉
唱他们的祖先
我们用年轻的泪水
荡涤记忆中的沧桑

坟茔空寂在生命中
江南的清明苍老在岁河里
绿野的小径
被重复的脚印放逐在
失落传说的一方
是否正像我们
年年用去年的清明
奠祭今年

别　　传

——关于唐明皇

深深宫门里禁不住吹起长笛
乐声悠扬　乐声悠扬
渡不来那年轻歌曼舞的女子
山外的剑阁栈道
尘雾散漫

不能驱散
秋风袅袅的过去
就像雨季里难以清晰的视线
不能从未央柳树上移开
渔阳鼙鼓已成昨日
为什么唯有满阶芳草在念诵
画眉之黛
铃声响在月下
长夜难眠的心

焚遍霜华

终于迎来蓬莱客

不忍清泪

不忍遍地梨花

醒来只剩有关生死的揣测

在池苑四周彷徨

北方的旱季没有玫瑰

骑士的笼头挂满忧伤

旧　情

以水的方式靠近　渗透我

以风的方式包容一切

流淌　以血液的方式

我等待一个侵蚀的过程

在记忆里抚摸一张脸

晴朗的日子里　心渐渐阴鸷

把心事丢在窗外流浪

月圆时想永远

花开过便盼来世

所有最纯粹的故事

从悦耳的喉音里微笑流出

一种姿势

代表来或去的一种姿势

期待了一生

疲惫了一生

罗列自己　让时间的片段梳过后
火中的眼泪　还给谁
雪中的深情　还给谁
嵌入一生的倒影　还给谁

最后的情节里
我打开门并且走了出去
把背影涂在门上

回　眸

一个浅浅的驻足
一个长长的凝视
一个深深的承诺
一个远远的挥手
一个默默的转身

没有那长夜的呢喃
没有那圆月的私语
没有那西风的舞剑
没有那大漠的独行
没有那晨曦的守候

本无照见
一如品山的执着

数万次的犹豫
不放弃那征尘中处处可行的相遇

春风湿润了所有心中的干枯
鲜花渲染了渐成单色的中年

远望，一山的记忆
缓缓走来，卸下曾经的固执
四肢的温度
不负这岩石般的冷峻
伸展起落
轻盈了一个模糊的背影

迷恋了数度的回首
从无由心的寻觅
前方的路，依然四季的风景
喜欢独坐的沉思
更有那风中的穿行
雨中的疯魔

不再留恋脚下的厚重
拧转间，心已在默然中舒展
俯身，即是天地
昂首，却已隔世
来自生命初始冲动
在如歌的倾诉里
成了留给自己的轮廓

那一刻，入迷
那一月，悠然
那一年，进出
那一世，无我

如水的凝望
有了童年的清澈
那，绵绵的喜悦
在心底
沸腾

生活并非一尘不染

当我活在淤泥里
我会仰望水面的莲花
世人都爱她
而我是她脚下的根芽

当我活在煤堆里
我会仰望天空的星星
世人都看他
而我是他身体的尘刹

当我活在这个国度
我会眺望人群中的你
世人都在忙碌
而我是这其中之一

就算所有人低下头
我也会眺望天空

背　　影

让情节敷上完整的面具
落款重写故事的结尾
怎奈，岁月却不肯温柔下笔
回忆又多画了半面青春
人生如梦，岁月蹉跎
来去匆匆，去留无意
一如人生的电影那般
总是有美好的情节
突然，望着这座城市灯火通明
听着微风掠过的街道
无尽的思绪从此滋生繁衍
细数着过往的一切
都如青花一般盛开在深邃的夜空

蔡春华的诗

蔡春华 女，1973 年生，文学博士。中文系 1991 级学生，曾任南方诗社副社长。出版有专著《中日文学中的蛇形象》《现世与想象——民间故事中的日本人》，译著《中国的美术及其他》等。现为福建师范大学文学院教授。

背景组诗

背景之一：在曾的身边

夏天我们去池塘看水
曾和我牵手走过独木桥
阳光静止
树的声音在水上流淌
曾的眼里长满温柔的水草
一潭深绿的幽静
八月里我们去水边寻找琴音
这样的季节庄稼精神而饱满
曾是土地的儿子
深深地走进田野
像农人一样歌唱
金黄的歌声中
我学会曾一瓢一瓢地喝水

曾随手抓住一把阳光
我被这刺眼的东西扎得发痛
然后我静静地流泪了
曾在水边显得真诚而持重
音乐深处
阳光顺着我的手指滑入池塘

多年以后
我后悔自己没能抓住那把阳光
即使心因此被扎得发痛
即使仅仅一把阳光
也会使我想起远方的
另一个人

背景之二：可能默默无闻地爱一个人

阳光倾泻的下午
我忘记过往的行人
忘记绘画和音乐
静静地想念一个人

这样的时刻
喜悦和我互相拥抱
幸福的水包围我们
纯纯的气息盛开如花
我挽上朴素的发鬓
美丽地幽静着

这样的时刻

我感到自己无比善良
被思念磨砺的痛楚
散在阳光与手之间
握住感动
握住天长地久

可能默默无闻地爱一个人
这样的想法简单而执着
当人们怀疑一切时
我小心翼翼把它叠起来
夹在心里

背景之三：我不再是一只歌唱的鸟

时光流逝
我不再是一只歌唱的鸟
我把折断的翅膀
搁在你的肩上
并且因为你那宽宽的肩膀
已不再润泽

春天，一簇枯黄的草
落在我的眼底
有如陷阱我一头扎进
季节之网
我的歌声沙哑苍凉
没有筑巢的夜晚
我为月光所笼罩
我的忧伤

覆盖着冬天的冰河
这深冬的气息
我没南迁的欲望
一棵枯老的树触目惊心
我低哑的嗓子
风的呼叫
席卷冬天每一场雪

我已不再歌唱
时光流逝，而我感到日渐衰老
是心伤难愈
是站在永恒的距离之上
孤立无助的写照

张应辉的诗

张应辉　男，1972 年生，文学博士，教授。中文系 1991 级学生，南方诗社成员。作品发表于《福建文学》《台港文学选刊》等，主要从事影视研究。现任福建省文学院院长。

门

远远望见酒吧的门
陌生的撕裂从里面透出
三三两两的怪诞
逼我低头走过

从各种门前经过
里外是不同的世界
我总低着头
因为我丢失了我的语言

门是一匹善兽
头朝外伸尾向内摇
我又低头匆匆走过
一座找不到鹊鸟的空桥

北京的秋天

秋还是北京的最好
风里带着人情味
阳光贴在身上
像敷着一层软软的金箔
沉香燻着京剧脸谱
天色迷糊了
几处映着布依姑娘的蜡染
几处映着惠安女的花巾
这秋树　秋花　秋水
是皇宫里的贵族
胡同里飘来鸽哨声
浅浅的一声吆喝
天凉下来了

空　心　人

穿越一片森林
晃动着无踪无形的影
漏下一丝阳光变得艰难
走街串巷
人来人往的漠然
把头塞进屏幕
看到一颗颗空空的心
翻检一生的通讯录
叮叮当当掉落

像钉子封锁嘴唇
不再说话

瓷　　人

当你开始忘事
脚印扭得弯弯曲曲
慌乱地穿针引线
镜片渐渐龟裂
色彩烘干了　成粉
黄土被风吹入心肺
想捏一个新世界
在窑炉里红红火火
那些嫩绿的芽儿
跳跃着欢呼
一个温润的瓷人
诞生　永恒

山里山外

那么多熟悉的人
散落在平面图
他们若行走无向
我泪流满面
像是刻意被落下
只留着我守望

一个长安山的虚境
那些往事埋在疏松的土里
我时常去翻新
像打理一个家族的财富
有一天我的眼睛混浊
也成为培育故事的新土
我把你们托上高峰
去接受鲜花　掌声
我悄悄摘一枚相思叶
相信山外也有一片彩云等我

林榕庆的诗

林榕庆　中文系1991级学生，曾任南方诗社《南风》诗报主编。坚持诗歌创作至今。曾在教育部门工作4年，现任云霄县发展和改革局局长、党组书记。

海　捞　瓷

浮出水面的那一刻
欢乐和泪水从四面
八方涌来　还有金灿灿的剪刀
剪断你神秘的脉搏
而在这之前　幽暗的海底中
你只顾枕着时间酣睡
美丽的青花被完好地保存

海捞瓷　你究竟是复活了
还是生命将尽　往日的荣耀
是被淘洗还是被囤积
海面上的阳光多么刺眼
请不要打开你的眼睛
你盛贮的苦水将被遗忘
你的命运将被一再转手

即使伤痕能够愈合
碎片能够拼凑　容颜不会改变
价值可以连城
但是几百年前的当初
你只是简单地
想要到达一个地方

几百年前约定　今日到港
海捞瓷　年迈的新嫁娘　这时候
你该如何找到
你旧日的情郎

苏南乡村微雨的早晨

水墨画被微凉的雨水惊醒
一夜未干的墨色在薄雾中开始泛青
炊烟袅袅　鸡声清亮
农家的黑屋顶厚实稳重
屋檐下雪白的墙壁内
是南方人安详平和的家

黑屋顶错落层叠
水中的倒影沿着小河流淌
随意散落在绿野平畴之间
看不见山　水墨画的背景
是一片灰蒙蒙的天空

也没有飞鸟掠过
依稀看到昨日遇见的那位女孩
正撑着伞从远处姗姗走来

这是五月的苏南
立夏的雨水轻松散漫
滋润着吴中大地整齐的麦田
屋前小深井　屋后水泥船
盛满着异乡人不尽的思绪
都在这温柔的水乡里安静地停靠
农家草垛沙沙细语
在雨水中吐露着醉人的芳香
仿佛再过几个这样的清晨
就要苏醒过来　重新回到
身边这片被收获过的田野

谁跟油菜花谈起严肃的话题
一望无际的笑容被突然收起
雨水擦亮着沉默的果实
想象它往日的灿烂
一定就是江南美丽的春天
油菜花地里幽藏着的吴侬软语
一定使人听了脸红　心跳

开饭馆的朋友送我诗集

开饭馆的朋友送我诗集

他大学念的是数学系
但他说他首先是一位诗人
开饭馆的人端上桌来的
却是香喷喷的诗

他的饭馆开在海边
一条叫做漳江的出海口
那里生长着大片的红树林
成群的白鹭飞来飞去
经常会打断他的工作
有时他面向大海发呆
手里却拿着一把本该下锅的菠菜

我很久没能为一件事而感动
但在海边的一个小饭馆里
收到这样一本诗集的时候
还是有些不能释怀
我看见戴着眼镜的诗人
一直在灶下忙活
许多美好的想象被他现炒成菜
而生活中一些酸涩的滋味
只被他用来结集出版

红树林造就了这里良好的生态
他说这里盛产凉风和美食
但基本不产诗人和爱情
说这话的时候他的眼睛眨了眨
我不知道其中哪句是真哪句是假

正如许多人分不清他的话中
哪些是诗句哪些是鬼话
这当然就包括那几个
据说深爱着他但又都
离他而去的女人

开饭馆的朋友送我诗集
诗集里有一股浓浓的酒味
还没喝上几杯
我就已醉倒在弯弯的海边

春夜喜雨

春夜喜雨　这是春天来的第一场雨
这细细的丝线飘飘洒洒
对自己的使命浑然不知
淋湿了行人的衣裳　还打碎过
一些幼小的昆虫远走高飞的梦想
却获得亘古至今一致的赞美
我知道人们所高兴的一切
汲取水分　并从中获得生长
山川、田野、植物以及农人
我向你们表示衷心的祝贺
从今天起　季节的脚步开始出发
好运气就要路过你的家门

这是一个多么美妙的开端

春天的夜里　没有光线的指引
雨水准确地降落在天气预报里
降落在犁开的土地和一首诗里
这随风潜入夜的喜悦
我要把它传达给每一个孩子
他们睡得太早　明天醒来
可能还会为上学的事发愁
我要告诉他们的　不只是
关于时节、粮食和水果
当然还有对润物细无声的感恩
我希望他们像这个春天一般
都有一个平和而美好的开端

但他们什么也不明白啊
他们的梦乡里不会收藏雨滴
他们成长所需的养分
看起来似乎与一场春雨无关
就像春雨并不清楚自身的意义
而这正是我所高兴的呀——
春雨在暗夜里轻轻地落下
孩子们　在懵懂中悄悄地长高

施洪英的诗

施洪英 中文系 1991 级学生，曾任南方诗社理事。现为光泽一中教师。

背 向 深 海

背向深海
就没有风吹到我面前
在我侧身的时候
请闭上梦魇的眼
空气无法触摸
也无法触摸海走过的路
于是面对深海
以一种游刃的姿势
迂回地绕过海的足迹

背向深海
逃离阳光的视线
逃离歌声的牵引
逃离海岸
在沙漠里作一个风尘仆仆的旅人
一只飞奔的鸵鸟是一个漫长的过程
或许只有一道短暂的生命弧

曾经划进海心

背向深海
由于无法承受夕阳的眩晕
一如海滤过的目光
将无可挽回地穿越我的一生
我却始终不能抵达

饶永祥的诗

饶永祥 化学系 1991 级学生，曾任南方诗社理事。现为武平一中教师。

挤 车

红灯熄绿灯亮街车喘着粗气摇晃过来停下
那么多的人那么多的人争先恐后地向车门推搡过来
眼镜飞了高跟鞋掉了拐杖挂住了脖子有个女孩在叫妈妈
关门关门车上有人高喊等等等等车下的扳着门怒吼
噼里啪啦铁车皮在哭再上就开不动了驾驶员警告
加油加油叫着，号子，顶肩，拉手，蹬腿，车下的眼睛喷火只为争取痛苦和绳索
弯腰凸臂伸长脖子扭曲成畸型难受得龇牙咧嘴
谢天谢地总算关了门听到了发动机的轰鸣
一个妇女护着一串挂鼻涕的泣孩哀求一排人让座位
我扭着脖子只见眼前晃动的都是人头都是人头
车外一辆又一辆的车呼啸而过呼啸而过
抛下一串又一串的超车笛声訇然如霆
车内许多人悠悠然打着盹丁点儿不感惊急
我伤心地相信麻木和愚昧同样可以制造奇迹
突然记起在这晚上八九点钟的时候
很多汉子已拥着婆姨枕着发霉的观念做梦

却不清楚为什么很多人活得很累很累也不肯卸下
沉重的枷锁
多想叫醒车上的所有困觉者
用我最亢亮的呼喊和歌声
红灯闪烁红灯闪烁又一个十字路口迎面扑来
但不知我们的街车会驶向何方

李彬源的诗

李彬源 历史系1992级学生，南方诗社成员。后留校工作，主要从事学生思想政治教育与管理工作。现为福建师范大学文学院党委副书记。

九夜寓言（组诗）

题记 梦境的惨白，一如文学现状的惨白。

一

在这里，一个姓氏塞满一条江
含着芦苇的支管吹着虚无的气泡

在这里，一个姓氏收藏一个女人
猩红的脸闪在肮脏的肉体后面

在这里，一个姓氏烧焦一张眼
炭黑的字迹原来是一声辱骂的大喊

在这里，一个姓氏就是一个幻想
丑陋的双手变更柔软的器官

二

她在狂乱中看到另一张脸

她在镜子中看到生命的脸
她屏住呼吸注视另一张脸

她曾发誓：她的苍白没有阴影
而她听到阴暗的林子一片桃花落地
她睁开惊恐的双眼

她的头发在地狱的门口徘徊
凌乱，无章，且生命下垂

一片美丽涂得黑黑
一丛火焰越烧越白

三

六月降下暴雪，暴雪降下报应
原野上的羊群惨死
在空中织成血的云

一个灵魂的空壳在血云上张望
一团乌云困住了生长阳光的地方
女人横陈旷野，胴体扭曲

这时，一双眼睛伫立野上，满脸肃杀
他看见咳血的鹿、折翅的鸦
他遇见黑夜，遇见黑夜中的蛛网

他伫立于野上，心裂为两瓣
一瓣在野上，一瓣在雪上

他看见白雪覆盖在野上

四

一只蚂蚁为美而战
带着男人的荣耀和女人的晕眩
回到了故乡

一只蚂蚁是一位英雄
提着大刀奔赴一场人类的欢宴
一场宴席是一次谋杀

一只蚂蚁居住在合欢树下
挣扎出死亡成熟的怀抱
看土地日日美丽

一只蚂蚁踏响泥泞
一只蚂蚁涉江而来
一只蚂蚁独自悲哀

五

一个巨人出生在夜里
夜里没有星星，夜里没有歌声
巨人发出他独特的声响

他咳嗽着走向深处
道路遇大水褶皱，遇大火扭曲
荣耀的城市毁于人欲

一只田鼠掘地三天，嚼着找了三天的地瓜干
一只飞鸟咬断自己火红的舌头
巨人在这里看到营养不良

巨人带着恐惧和痛苦
追溯迷惑和欲望
在多劫多梦的途中徜徉

六

昨夜女人宿于水中
冷冷裸体如鱼骨一夜铺落江浦

她头披虾头脚绕鱼须手指南天北斗
硕大的乳房互相敲击。充满吉祥

插翅的男子醉中跣足
夤夜来到水边掘土葬骨

水响澹澹，人鱼同穴
一只乌亮的龟壳含羞出土

七

泔水哗哗从一只瓦罐流入另一只瓦罐
花了一个世纪
日影穿过瓦罐的鱼形之口

瓦罐是一个鳏夫的女人道具
触摸它鳏夫老脸散发微红的热气

骄傲且快活无比

九月，一只瓦罐撞破另一只瓦罐
泔水四流，为汲水女人收集

汲水女人抱水而眠
新婚之夜腰臀凹陷

八

先知臃肿不堪
坐在我面前吃着生鸡蛋

“她私奔了。”先知说
我说：“跟我毫不相干。”

先知目光中充满愤怒仇恨绝望
但声音平静且装着笑脸

九

一只血手翻越重重白壁
雷鸣之夜冥河靠岸

赶尸人乌鸦报丧的吆喝
尸臭沉陷于一座鬼城

男子模仿女性给予最后的柔情
祖母嘶哑着嗓子发酒疯

颂扬的歌声不绝于耳

几个越狱的逃犯为蜘蛛擒获

江昌瑞的诗

江昌瑞 历史系1992级学生，南方诗社成员。现为三明一中图书馆馆长。

草丛·孩子

山坡上的丛草
在风中梳理头发

一群明亮的孩子
在此起彼伏的喧闹声中
嬉笑

夜深了
星星也要换班了

孩子呢
在母亲温和的眼光中酣睡了

小草呢
却在夜风中
凝结明朝的泪珠

1994.3.10

方　式

一

一推开门
你就看见那朵很红的花
立在雪白的桌面上
你不知为什么颤了一下

然后你去倒水
却走到了窗前
看玻璃

1994.4.21

二

你走在人群的边缘
鱼贯而入
没有感到拥挤

直到最后
你看见伤口在手掌中
微笑

这时你回顾
人群消失
刀的形象
血落的过程
躲进森林
你撞击伤口

1994.5.20

三

你穿过世界的屋顶
看风
却看到方向

你的胸膛因此
塌陷成深渊的峡谷
诱尽了每一片光明

鲜血灿烂地散飞
并冷却
这一代寂寂的星群

1994.5.27

雪　光

——给远方的小妹

纯净的雪
洁白的雪
以高处落下的你雪白的衣裳

大雪落下的地方
我远方的小妹日夜苦读
大雪一日里纷扬而下
覆盖大地

小鹿一样精灵的光芒
在雪地上跳跃

我远方的小妹
将双手插入花丛的深处
那净耀的雪光
将我的小妹长时间地照亮

雪光中我那在远方苦读的小妹
伸出她那苦难的双手
抚遍原野
抚平所有的伤痕

1996.1.9~13

北方之水

一月之初
这个人开始向北的跋涉
三月三月
他晃过了众多诱人的笑面
在一面面细小镜子的照耀下
咀嚼着干渴的印迹
四月五月的光逐渐强烈
他在一个梦里看到了北方大地
看到了被禁之水汹涌而来
五月他继续赶路
六月七月正是梅雨季节
他正好达到中央地带
接触到北方那干燥的嘴唇
随着雨线他在那儿徘徊了好久

北方大地一再在梦中出现
八月过后他完全将自己暴露给了阳光
与被光芒照亮的雨水
九月他已深入北方大地
十月他终于涉入北方之水
象一只归家的大雁
在北方浩瀚的水边不断地叫唤
十一月与十二月是寒冷的天气
他在靠近水之即又失去了水
在北方冬天的大地上
他又一再地在梦中溶入北方之水

1995.12.28

南方之鱼

十二月底 一个好日子
一位北方来的人在十二月底遇难
十二月底
南方之鱼正做着红色的梦

从北方来的人在十二月底
穿过南方的河流时幸福无比
他看到一朵朵红色的花开在水中
簇拥着他疲惫的双脚

十二月底寒气迫人
北方来的人提脚涉过南方的河流

十二月底南方之鱼急燥无比
在红色的梦中痛苦不定

十二月底南方暖和适人
南方之鱼在那场红色的梦中
看到了涉水来的北方之人

十二月底　一个好日子
从北方来的人在涉过南方河流时
走进了南方之鱼那场无期的梦境

1995.12.27

何文江的诗

何文江 外语系1992级学生，曾任南方文学社社长。

起 风 了

起风了
我们面对面
你的声音压着我的声音
在上帝身旁旋转

起风了
你的脸庞获得青铜的光泽

我 沉默不语

起风了
我盈满泪水的双眸
看着你的阴影
长在一棵树上

起风了
我是说

这满天的蝴蝶
扑倒在黑暗的泥土上

我们的爱情
以及种种偶然
在冷漠的空气中
已成为石头的赝品

伍明春的诗

伍明春　男，1976年生，福建上杭人。中文系1993级学生、1997级硕士生，曾任南方文学社社长、社刊《南方》主编。现为福建师范大学协和学院教授、文化产业系主任，福建师范大学文学院硕士生导师。兼任福建省美学学会副会长、福建中国现代文学研究会理事、《海峡诗人》杂志编委等。已出版专著《早期新诗的合法性研究》《沉潜与喧嚣——当代诗歌论》《现代汉诗沉思录》，诗集《隐秘的水仙》《互联网口音》等。

水　仙

父亲　让我们坐下来谈谈水仙
家中这两个匆匆的过客
它们被一再推迟的花期
究竟因为什么？冷空气
不可能是唯一的理由

有多少水仙正在开放和凋谢
而我们的两盆水仙
仍在相互期待　彼此观望
像一对久违后重逢的老友
见面时说不出一句话来

多么希望它们永不开花
高举花苞　保持青绿
就如我们之间的情义
无需太多的语言道破
就让秘密在秘密中汇合

桐韵的汤姆猫

它不说猫语　尽讲人话
带着浓重的互联网口音
当小肚子咕咕作响
它的礼貌却胜人一筹：
“我饿了，请喂我！”
于是送上电子版饮料和蛋糕

隔着透明的手机触屏
桐韵每天给它喂食　换装
还不时给它挠一下痒痒
甚至恶作剧地敲它厕所的门
她的快乐　如此真实
挣脱虚拟世界的无形牵引

不知道桐韵会喜欢它多久
现实世界的狗吠鸡鸣
也在不时转移她的注意
不过可以确定的是
像我梦中通往故乡的柔软铁轨

它正暗暗形成她自己的乡愁

重返长安

——读李永新写生系列《原乡寂思》

线条模仿亚热带植物的根须
简约的色彩欲说还休
可见和不可见的光影重新组合
无不在引领我们细细重温
那曾被相思树扩张的少年愁
如今却未能溢出你的取景框

为了满足画蛇添足的代入感
我要在幽草攀爬的石阶边
在蒙尘无语的玻璃窗后
在生长姿态迥异的老树旁
沿着那锈迹斑斓的铁栅栏
青春身影木偶般一一登台

对于我们日渐沉重的中年
长安山的海拔从未停止增长
不断延伸的记忆景深
构成新的迷途　更深的陷阱
而我们执着回归的目光和脚步
沉湎于西西佛斯秘传的喜悦

纪　念

“铁栅栏插入土地的疼痛”
我曾经写下少年时代的夸张
四周的芒果树忙于附和
弥漫的花粉模糊你的表情
这是你的校园　你的操场
难以把握　纵然我渴望奔跑
却像一只惊弓之鸟　习惯于
期待箭矢危险的飞翔

“如何在空气中学习游泳”
居然没想到要采取哪种姿势
以避开人群中的暗礁
碧波里你激起的朵朵水花
仿佛在嘲笑我的轻狂
你和水之间结成的亲密关系
足以让陆地缓缓沦陷
让这首诗变得塑料一样轻飘

看书的人

他从不读书

只是看书　看着书
他看见灰尘徐徐落下

那些书名和人名
有的渐渐模糊
有的气喘吁吁
他从不为它们打扫
他看着灰尘优美地飘落

他也看着我们
双手沾染灰尘
笨拙地抚摸那些名字
像在挖掘什么
他还看到有些虫子
从书中悄悄爬出
在我们头脑里蛀几个洞
又回到书中呼呼大睡

他不时发出几声咳嗽
像一串风干的大笑

我们的孩子

我们的孩子走在我们前面
我们看见他透明如水的身体
正在慢慢沉淀一些物质
他的步履开始获得重量
阳光进入孩子的身体
折射出四溢的各色光芒
我们把它们当作他的情绪

雨水渗透孩子的身体
我们便惊异地发现
他一度隐秘的开放的渴望
我们走在孩子的后面
却总赶不上他的落脚点
我们多想成为他的影子
抚摸他们在空气中的呼吸
然而我们的孩子
我们的孩子走在前面
他总不愿回头来看看我们

马信塅的诗

马信塅 福建三明人。中文系1993级学生。三明市作协会员，热爱诗歌，诗作散见于《福建文学》《安徽文学》《福建日报》《生活创造》《环球客家》《三明日报》等报刊，编有中学生诗歌阅读教材《面对智慧的芳丛》，曾两度获得《福建日报》年度佳作奖。现为三明一中教师。

曾　经

曾经，积木搭起了夏天
我只能躲在这座城市里
沉默让我失去了卑微的嗅觉
我听不到城市紊乱的心跳
唯有母亲用苍老托爱着我
被拧紧的肌肉
一块冰冷而脆弱玻璃
春天扔下的雨水
点点滴滴穿透阳光
一层苍白的皮肤
一片黝黑的色斑
夏天就这样慢慢变形
一座纸房子在悄然倒塌

车过衡水，想起他们的爱情

车过衡水，夜色透明
衡水湖有些芦苇荡漾
还有几茎荷花无香
列车追逐着铁轨
紧紧咬定，包容
又磨出火花四射
那胶着的灵魂似乎锃亮如新
如果有一天分开
要么是偏了方向
否则粉骨碎身
只因一个在痛苦地承受
一个却轻盈前行
这就是他们的爱情
就像衡水湖里的水波
在未知的远方
消失得干干净净

夏　至

真想把蝉鸣关掉
我就可以给你整个宁静的夏天
至于那朵提前从秋天溜来的云
我也要裁它为带系在麦杆腰上浪成一片欢快的汪洋
可是你的回答却如孩子的钢琴练习曲般
反反复复，跌跌撞撞

灼热的风一寸一寸，渐渐
覆盖了辽远的江南
深锁的小城夜一样荒凉
关上窗，推开一地月光
你若静默成一棵树
我便让风捎去开花的梦乡

初夏，我寻找水

向南，有一女子
在天空之下在水之上
白衣飘飘，笑靥如花
春天惨败地放下武器
当钟声漫过了黄昏
足音自悠远的时空之外
涉过一路忧伤
月色和我踽踽而行
向南，我侧耳倾听
向南，我泪光盈盈
一路阳光纯粹，植物欢唱
我渐渐听到女子的呼吸
眼眸似水
娇躯是一把横陈的琴
在我修长的手指间
叮叮咚咚

等待一个消失好久的朋友

在这里，就像绿叶等待春天的柔嫩
我等待一个曾经熟悉的朋友
像天边的彩虹一样，曾经
在我小小的天空里唤来好多好多雨滴
像她微笑时洁净的齿
又像她梦一样的眼波。她消失了好久好久
在一个春天的夜晚，像一朵迎春花一样
突然消失在绿荫里。小小的虫子
比如蜗牛，比如金龟子，它们失去了一位美丽的朋友
其实，她的芬芳，她的微笑
应该开在春天的大地上
开在烟雨蒙蒙的杨柳枝头
等待就成了一粒沉默的芽。
在这样的日子里
等待一个消失好久好久的朋友。
正如三月的柳烟，等待缠绵。

乡村教师

这时我发现我更想选择果园
更想选择像山葡萄、土枇杷、野草莓一样的孩子
或者选择平旷的牧场，选择像牧歌儿一样
遍地蔓延的小黄菊、沙棘花、格桑花一样的童年
然后——
沿着叶子寂静的脉络轻抚月光浅浅的忧伤

赞美野草淡淡的质朴聆听山风细细的呢喃
这样回到开始的心情，在九月，我高歌
我喜欢在九月高歌种子，孩童和农夫
我还喜欢用这个季节的新菊酿酒
让她的醇厚陶醉山村的脊梁

柯友珊的诗

柯友珊 1974年生，福建省泉州市泉港区人。历史系1993级学生、南方诗社成员。现为泉州市作家协会会员，《笔架斑》《诗三明》《笑看人间》诗歌论坛版主。曾在《诗刊》等报刊发表诗作。

草木之心

把雷声闪电背进行囊
你在一页纸上流浪
反观草木之心
在阴暗制纸坊闪动光芒
你必须埋下火种
让一棵草木高昂头颅

眼睛掠过迷茫的身世
苦难流穿苍莽的岁月
一次次书写村落的春光
让血液在腐烂之门，揭竿而起
谁失去歌喉，在雨水
领唱的春天
复述心灵的遭遇
我站在笔尖，对你

心怀感恩
这强大的森林光芒，从文字
星丛拔势而起

开　元　寺

众山必须低下头，让出一条路
所有时光可能会被打破
唯有石头堆砌起东西塔
有信仰的塔
我看见模糊年代工匠模糊的脸庞
山头上响起灵魂打石的声音
闽南书院书香极盛
藏进千年桑莲芳香之中
众佛高昂头颅，逐级递增
我看不见自己，被木鱼声淹没
一定还有闪光的东西
遗忘在寺庙中
让众生追寻

身体中的铁

太阳溅起的铁屑，忽高忽低
飞舞在打铁街周围

花甲铁匠，在我体内煅打
脆弱多病的身体

一步步走向结实、坚硬

我们饥渴的身体，陷入时代决堤
像弹簧一样
容易生锈，骨架疏散

父亲，请用铁一样的手
在黑夜里打造我吧
千锤百炼中
血液明亮，呼啸
逼出体内的伤

谁低下头，唤醒身体中的铁
一次次穿过疼痛、迷惘
大地上耀眼的光芒
再次将精神暗角灼伤
并照亮

在药房，遇见中草药

在药房，遇见中草药
像遇见山水的亲人
干枯的身体劈开
一半是雷电，一半是火焰

引你入药的诗歌
去换血。满城尽是肥肠满脑

填满油脂的词语
化成水的灰烬

百毒不侵的岁月
刚正不阿的草木
依然呈现一部浩瀚的中医学
教我们洁身自好，谨言慎行
奉为圭臬

如今，还有谁替我们还魂
站在城市中央
守望一轮透着
药香和鲜花的明月

路过盐场

路过盐场。却见一辆运盐车
一路颠簸
撒落一地。那是一粒粒无家可归的盐
海风击碎眼泪的花瓣
被灌木丛的白鹭觉察
还有多少颗星星失踪
在回家的路上
就像我从前的兄弟
而今下落不明

黑夜里，我们只能

掩面而泣
仿佛触摸身体中的盐
却和大海始终保持
若即若离

林秀琴的诗

林秀琴 女，1976年生，文学博士。中文系1994级学生。在云霄师范学校就读时开始文学写作，曾任福建师大南方文学社社长。作品散见于《漳州通讯》《闽南日报》《福州晚报》等，出版个人专著《寻根话语：民族与现代性》《文化重构：创意经济与城市美学》《当代文学与现代性经验》等。现为福建社会科学院副研究员、《福建论坛》杂志社编辑部主任。

沉 暮

金黄柔和的情调
一朵一朵亮起
绵延铺至
巷子的深处
遥远而迷茫的
巷子

三三两两的笑容
还有那足音
那足音
像陌生而熟稔的手
划过秋天的皮肤

目光和水一样凉
一样沉默

俯窗向下
摊开的双手
拥抱一场空洞的回忆
身后那一扇门
木头坚实厚钝
受伤的鱼正坚强挺进
在波浪深处
你要捞取哪一片
月光
或者孤独

夜和忧伤
谁的色彩更重
你无法抗拒
它们整齐的步伐
过去或者明天
你渴望
哪一时刻的真实

我的兄弟

诗歌种植在额头
瘦削的肩挑起阳光
这是我的兄弟

我们习惯向面而坐
习惯缄默交流
直到灯光渐渐开放
黑夜层层褪色

每一片云彩
都飘满眼睛
草叶上的朝露
都荡漾起歌声
美丽却脆弱的愿望
固执一如我的兄弟
如夜的声音四壁林立

我的兄弟昂首走路
踏痛失眠的月色
阳光和稻香流过十指
我的兄弟暗自哭泣
比麦粒还成熟饱满的兄弟
卸下一地金黄的叹息

我的兄弟
我们相约
一起坐到天明
一起守候
哪一天的太阳
将我们的诗歌
一起融化

和一棵树邂逅

我看见无数的季节
蜂拥而来
徒然张开的双手
也不由自主
沿着纹路穿行
凋落了的枝叶
和记忆一同侵入泥土
肢解腐烂
哺养贫穷的自己

我听见自己年轻而寂寞的声音
一道道加锁
像紧抿的唇
没有花朵绽放的叹息
没有新芽初长的颤栗
结茧的皮层
冷漠像旗帜凝固

我选择一个黑夜
却无处告别
站在一棵树下
一个偶然而命定的位置
我和一棵孤独的树邂逅
看见自己和它
一起老去
却不能用眼光制止

不能用想象或者预言
要么就做成木筏
朝着一个方向漂浮

七月初七

七月初七那天下着不大不小的雨
这样的雨已经下了很久很久了
绿的叶子酸的葡萄
还没熟透就落了一地

七月初七
人们不再重复那个古老的传说
没有人听见天际的笛声
不幸言中了一切
七月初七那一天
一切似乎已经发霉

七月初七那天下着不大不小的雨
有个男孩写了一个季节的情诗
却还没有写好序言和结局
有个女孩打开了她的衣橱
想晒晒她在春天就已开放的情感

不幸言中了一切
那个男孩再没有勇气和力量

那个女孩再也没有找到太阳
天空很阴郁
他们像亲人一样抱头痛哭

七月初七那天下着不大不小的雨
这样的雨已经下了很久很久了

流浪的兄弟

我们背对着滔滔的江水
同样的姿势
仰望五月的天空
渐渐地暗下来
渐渐地逼近
无助的额头

这样的黄昏疲倦而无奈
这样的行李单薄而寒伧
这样的双手载不动
背井离乡的愁
载不动
城市冷漠的眼光
不可及的笑声真实地流过
我们的目光
只有深深地打结
我们满怀深情地想起
那个遥远的故乡

同期待一起执着成长的
我们的兄弟姐妹
怎样地唱起朴素的歌
淡淡地有真实的酸涩

我们背对着滔滔的江水
定格成光阴老去的姿势
如同随手掀过一张日历
一样地平常和习惯
我们仰头望天
城市的霓虹正从背后
慢慢地浸涌而来
将我们包围

伍美璇的诗

伍美璇　中文系1994级学生，曾任南方文学社社刊《南风》主编。现为中学语文教师。

花事（节选）

其　六

牵牛花的梦里
有浅蓝的天空
太阳花的笑里
有碧绿的原野
而我沉淀在秋的底部
想着风怎样
皴出了远山的肌理
想着密林里
会有怎样安静的脚步
一脚苔青
一脚枫红
一脚搓着砂石的脆响
一脚攀住水流的清冽
巢蜜悄悄熟着
种子打包了许多睡眠
等着
北风
等着
下一个春天

其　九

拎一个装着桑苗的密保袋
好像拎着一个窗子
投影在马路上
撬开了坚硬的水泥
投影在树干上
打开年轮深处葱绿的记忆
这是立冬的被轰炸过的下午
我还要投影到天空
吸一口尘霾之外的空气
投影到遥远的湖面
远景历历
投影到你的身上
仿佛我也一样灵魂丰厚又轻盈
阳光这么好
我拎着桑苗
寻觅乡土
密保袋切割出的窗子
开满
车站、行道
山野、云天
列车是载满了窗子
奔驰

入　夏　了

酿了一整个春天的香气

终于
在暗夜突袭而至
玉兰花在前
夜来香在后
纷纷引颈受刃的青草
密密织起罗网
这精心布置的局
想起来路上
茉莉花清雅作引
想起过往的树丛下
含笑花含而不露
你不如从容放下
欣然受俘
沿着热力蒸腾衣衫狼藉的路径
一步步走入越来越轻的夏季
闭起眼睛
前路豁然开朗

阳台（节选）

其　三

我是侥幸被你种下的那一段
折腰的芹菜
春风里展开凤羽
大吕和着黄钟
我是那颗口腔溃疡的西红柿
逃离慌乱的黑夜

在埋藏里
深味泥土的芬芳
我是那个笑得满地找牙的百香果
尘心惊动
将柔情缠满冰冷的铁线
我是沙石俱下的种子
是冻在冰花里的空气
是入冬前睡去的枝条
城市的风
折过太多街角
已然褴褛如旗
而我在你清醒的一隅
慧眼初开　朝霞烂漫

其　四

花儿们安安静静地晒着太阳
这么安静的阳光
植物、人、石头
都成了花儿
鸟声
有一句没一句
这个春天
没有脾气
没有傲娇的风
扯住冬天的皮毛
没有出奇的花朵
控诉禁锢倾吐激情
没有迫不及待的青草

推攘着拥入时间的列车
没有
没有挤压、踩踏、掠夺
小苗一棵接一棵
轻轻叩响大地之门
这个春天
巴赫般四平八稳

元旦打油诗

201314
许多人迷恋这一串数字
我却想把它们扔锅里一顿爆炒
油盐酱醋、葱姜蒜椒
再撕一把鲜红的辣椒
去腥解腻除湿驱寒
随你
在冬夜里围着破毡小酌两杯清酒
随你
在热闹的人群里寂寂回味
0 的甜润 1 的干香 2 的柔嫩 3 的弹牙 4 的爽利
当然
还有窗间箫声呜咽，膝上琴声泠泠
来来往往的
不过是
花开了，花又谢了

陈其雄的诗

陈其雄 1994年就读于福建师范大学装璜设计专业，曾任南方诗社理事。2015年就读于中国美术学院山水高研班。2016年就读于杭州佛学院。

我的孤独像一只乌鸦

——或许是巧合或许不是

我的孤独像一只乌鸦
在葱郁的草地上
摆开青春的步子
草的上方　草的下方

小满后的湖边
微雨正在慢慢抽离
自己的身体　我听到
柳梢上另一只鸟的叫声

我的孤独是一只乌鸦
走向草地绿色深处
从西湖到坎伯威尔

它没有叫　只是走着

它没有飞　试图带走一场雨
清洗我湿润的眼睛

纪　　念

——致龟帅

我看到龟在小矮凳下面卡着。
正在腐烂的躯壳下，爬着白色
令人作呕的蛆，被肢解的气味，汇入
昏暗沉闷而有燥杂的空气里。

那儿——窗边——就是灰色窗帘前，在我还未
到家之前，你是多么期盼我的身影，
在你还能爬出二片白板之间，时间的夹缝里，
将你轻轻抱起，放入白色的置物箱。

用没过头顶的水，拉平你久违的躯壳
内的肉身。甚至你懒得，咬噬
投放身边的小鲜肉。我的一厢情愿，
你饥饿，如同你对水的渴望。

多少个日夜，相互对视的孤独，
只有我们经历，不相离弃。
如今我怀念的目光，看不到你的身影，
我坐在窗前，你在窗下那棵树的下面。

白　露

我埋坐湖边长凳
看着灯光游过水面
爬上对岸宝俶塔尖
又滑落湖边

子夜路灯
熄灭　蝈蝈依旧欢叫
露天歌手破碎的声
抖落西湖绸缎外衣

柳叶飘落我怀
一片泛黄心事
指尖是涩涩
离伤无需言说

今夜是个转折
今夜叫白露

这　里

——致景山和我们流失的岁月

我们站在这里——这里——就是世界的中心。
被我们忽略的，内心的最高峰，
他不在喜马拉雅，冰雪覆的天际，
他在热血沸腾的，我们的脚下。

此刻，时光向左，每一秒都在滑落，
我们莫名的惴惴不安，无可把握。
脚步向右，每一步从未曾停留，
我们的现在，思想的未来，我们

西湖梦忆

空中飘落的　是梦中西湖
发黄的照片　模糊二座城
某个局部　从一棵柳树开始
在阳光中的垂　露出白堤的秀腿

湖水似小池子　越来越小
照片渐渐清晰　超越视觉
和我们对大地的感知　树梢
在眼皮底下　风起于心

一个湖　没有一丝微澜
那些亭子　依稀昨日模样
我们将青春　奔跑此中
孩童的笑声　是我们安静

倾听午后的欢愉　湖的出口
照片边缘　我们的想象
适可而止　湖在城市内心
在我的心　在梦的内心

秘　密

——纪念那只似曾相识的孤独的乌鸦

那只乌鸦在草地中心，被绿色的阴影覆盖。
这些阴影，如果真实的话，它们的边缘
出现了一排不长的布满兰草的太湖石
那些兰草使得湖水由翠变得草绿。

或许是另一只鸟趴在柳枝上任性的叫声
有意无意地推送乌鸦远离自己视线？
沿着不耐烦的空洞的声音传去的方向
草地也在暮色中厌倦了这只鸟？

乌鸦的影子寂静平坦
蓝色的西湖，来旅游的人在上面
划着小船。我们能够抚摸这些迷人的湖水，
在长凳上端坐着的是那个期待的人，
又像是一只被八大翻了白眼的鱼。

册页上的石头远比乌鸦来得更加沉默，
它把孤独的秘密留了下来？
让乌鸦心急的奔向草地的内心，
它的侧影时不时地摇晃于草地和树之间
那更加精细的空气中透明的部分。

郑润良的诗

郑润良 福建福安人。中文系1994级学生，南方文学社成员。厦门大学文学博士后，《中篇小说选刊》《贵州民族报》《神剑》《人民文学》醒客APP、博客中国等专栏评论家。

洗　足

在安睡之前我需要我的双脚洁净
一如初生的婴儿清洁的水慷慨濯洗
我风尘仆仆的双足黑幕下降
我的双足插进夜的中心接通梦境
将我托向开花的天堂

在安睡之前我需要我的双脚洁净
彩虹在雨后从水中摇曳而出
我的双足与水有着最亲近的血缘
冰凉而洁净的水毫无欲望的水
通过双足导流我的全身

在安睡之前我需要我的双脚洁净
清水灌溉我如开花植物舒然展开
我清晰地听见一粒种子在体内

倏然爆开　毕剥有声
这一时刻我眼中满是清亮的液体

这双足绕着太阳的边缘
从这边到那边已经走得很累
这双足在尘土中如两根不断行走的木桩
附着沉重的物质已经失去飞翔的能力
这双足曾在故乡的油菜花地里蹦蹦跳跳
这双足曾背叛灵魂的声音而失落尘网

这双足终将躺倒在大地如一段空洞
腐烂的木头进入泥土和植物的根部
此时人可否仰头向天乞求
一线清泉流至底下带来一点清凉

小　诗

一

其实今晚的夜色很好
你微微地点头
月亮躲进了云里
我看不清你的脸

二

绿叶是栖止的蝴蝶
蝴蝶是飞翔的绿叶

赖彧煌的诗

赖彧煌 1976年生，福建上杭人。中文系1995级学生、南方文学社成员。大学期间开始发表作品，诗作近百首散见《诗刊》《星星诗刊》《福建文学》等报刊。曾在某矿山混职两年。现为福建师范大学文学院副教授、硕士生导师，获《江汉学术》首届“教育部名栏·现当代诗学研究奖”，编选《中国新诗百年大典第21册·港澳卷》，出版专著《经验、体式与诗的变奏——晚清至“五四”诗歌的“言说方式”》、诗集《哑语和手势》等。

黑夜倒车的人

黑夜倒车的人
熄灭了车灯
狭隘的关卡追不上他
偏激的路标看不见他
乐意违反常规的操作
倒车，倒车

黑夜树木疯狂生长
不断添加隐秘的枝节
电线杆运送不眠因子
定住人们酸疼的眼睛

白昼，他坚持过的速度
未能摆脱不断掷来的追踪

黑夜倒车的人
疲惫地闭上眼睛
像一种怀旧的姿态
他的后视镜
在寻找空旷的停车场
和充满敬意的眼睛

车过厦门

那日子隔着重山，挨着肉
盘旋脑海，有时近在眉梢
这捋捋发际的瞬间
照临水，所有的倒影
成为溪涧边洗刷衣裳的碱
培育瓜果菜蔬的草木灰

流水线上的熟练工，循环
清洁区和污染区分门别类
唉，白鹭面影的沉落无关
重金属，任潮汐进退
梦见落霞与孤鹜齐飞
卡住的发条端着连通器

那日子隔着重山，难以历数

取出再安回去的第七根造物
多米诺骨牌站在魂和魄之间
假寐的片刻，动车摇晃
掠过海面的鸥群，闪亮
从车窗望出去的取景框

空心之火

被火舌舔过眉毛的少年
身躯灿烂，别来无恙
心头的节拍乱了半步
浮士德博士适宜仰望如星辰
没有沉思的危险。哲学难题
不过是拧干的两件小褂
替换着穿和撒旦和上帝无关

被打湿的词，在借来的壶中
音调优柔，后会有期
胸中的道德律拉不紧琴弦
维特弄乱情感的方言
二十初度，心脏寄给老鹰
却不是普罗米修斯的那只
漂在诗页上惭愧也暗自庆幸

针尖上的舞

据说有些词腰肢柔弱
要有植豆农人的经验
插上竹枝，才能攀爬站立
有些细韧如路边藤条
若不先行砍去
就会缠住马匹的脖子
让你摔下悬崖

据说有些诗得自天成
要有母亲的巧手
给它们头上簪一枝花
有些特别会歌唱
柏拉图的镜子前
你若忍不住回头
就会变成石头

旧稿重温

遗址剩残迹，死火的信子
在抖动。灯光昏黄些
镜子晦暗，里头由另一个人
代你哭泣，这样刚好
不能低到暗房的门，显影液
将漂来负片，等着相纸扶正
容颜，时光的磁极晃动

随手拍流行多年。杜尚
画的蒙娜·丽莎胡子又长出不少
法兰西的脸迷人，退到美利坚
缠在怀中的光晕才远去，发明
新的灵魂，从膜拜的美回过神
学会反讽。中年男人的果敢
随写随改随丢，用后现代手法

互文性实验

《下午的肖像》夹在《星星诗刊》
1999年第2期，自图书馆过刊部
抠出，花朵上扯下的灰
盖住脸，加一道
静电复印的黑边。小病时光
躺在微热的纸上，曾尾随的身姿
已消失，闪电转过重门

《哑语和手势》缺点边角，如何
移植要小心，异体还是自体
器官或者组织？瞧瞧
泪腺萎缩，迷走神经尚好
稍稍改动口径，上了点年纪
节奏也量身定制，内涵
是指涉性的，在未来和过去之间

熊永富的诗

熊永富 男，汉族，客家人，1975年生。中文系1995级学生，曾任南方文学文学社副社长、社刊副主编。现供职于上杭教育局。上杭琴岗诗社社务委员、龙岩市作家协会会员。1993年开始创作诗歌、散文，诗歌作品在《福建日报》《厦门文学》《青春潮》《南风》《生活创造》《闽西日报》等报刊发表，多首诗作入选《福建师范大学百年文学大系》《2010—2011福建优秀诗选》《厦门文学60年》等重要选本。

秋收后的稻田

一个少妇忙着收拾
遗落在脚后跟的一束稻谷
一只慵懒的肥猫
躲在秋日午后
阳光覆盖周身
是梦醒提示了秋天

稻草人
一个虚拟的战士依然伫立
接受偷猎者胆怯的行礼
寂静大地，有飞鸟
晚霞进进出出

是行色匆匆的流年

有多少这样的下午
田埂上，一群蚂蚁逆风向晚
秋蝉的歌声愈加高亢
给足高度却把深度填埋
在秋收后的稻田里
少妇弯下腰
捡起一串金色的钥匙

母亲的稻子熟了

一阵喧嚣
阻止了寂寞的镰刀
在持续长锈的路上
诱惑　秋天与生俱来的品性

在母亲的稻田里
成熟的稻子　像一群火红的蜻蜓
向着向晚的村树奋力飞翔
不以此为荣
就把鲜艳当作盛日的晚装
忍痛割爱地舍弃　相约的日子
尖利的稻芒
割断了春雨却割不断承诺
收获了成熟却撇下了秋风
面对孩子的啼哭

母亲一手摇着摇篮
一手拿捏着扇子
拍打着从稻穗上
飞回来的蛾子

母亲的想法就是简单
别让无家可归的虫豸
在稻子成熟时
惊扰沉睡中一脸微笑的孩子

我从十六楼下来

我从十六楼下来　直接
回到了乌石　我的家乡
那里稻谷金黄　竹根发达
水系纵横的秋天
在我的脚下渐渐高出楼房

从十六楼看整座城市
高矮不同的身体
用自己的眼睛凝视众生
在站立的角度上
或俯仰生辉或行色匆匆
我只是这里的一个看客
风景在我的周身
车流如水　车灯如涛
而还有一半多的身子

静默在黑夜
不能随水流去　一如真相
他的体温恒定在时光里
真实的高度和不断扩展的城市

我在乌石远眺　你
在十六楼说话的样子
绕过这三百多岁的古榕树
三步两步　而榕树的一个年轮
又能牵手多少个的腰身

九月的河流

这是我的河流
在九月的河道里
奔跑，是她与生俱来的追求
泥沙俱下，有清泉
金属和下水道的水
如此和谐地躺在同一条床上

我站起来，她就在我的窗前
月亮还没有升到中天
我不能把她当着镜子
整理我被风吹乱的黑发
我躺下，她就在我的身旁
呢呢喃喃像女人的情话
整个夜晚我就是在这样的意境中

孤独的时候
用这些水来安慰自己
九月的河流，走出盛夏
把水落石出当作自己的盛装

硝烟散了，还有许多枪弹
劳损我的膝盖。岸上的黄花
像许多晨星执意寻访
秋天，一阵波涛涌向窗台
任性的流水控制不住哀伤
风行水面，滑翔的道路
要经过多少曲折才能飞升

惊　蛰

一粒种子在雨里行走
惊雷从身后开启门窗
风惊动云层，电光闪烁
看见蟋蟀依偎在你的肩上
清亮的嗓音随风扬起
虫豸循声潜行
在黑夜里
以最原始的声音歌唱爱情
逐光的飞蛾敲打着绿色的纱橱
灯光的背影里
弥漫着无尽的思绪
逆游的石斑鱼找寻山野的草籽

日渐上升的浪涛淹没年轮
然而，大地是众生灵的舞台
数木直立行走
河流逶迤奔跑
一边修补山峦一边建设河川
惊蛰太阳行走在黄经三百四十五度高处
生命开始拔节，太多的理由都将成累赘
天空一声雷大地舒展成一张网
灯光交织绚丽多彩
舞姿翩跹眼花缭乱
转过身去是一面明亮的镜子
看见了破蛹的花蝴蝶

天马山的秋

顺着叶脉指引的方向
进入秋天的天马山
阳光萧索，栈道修长
寂静的山腰拉长你的影子
在条状的木质地板上有规则地排列

像偷闲的人，从春到秋
你一再练习数数字抠绵羊
黑夜如山，是履带碾过了睡眠
而天马山为我种植光阴
在耕耘中前行到四月
梅花开过　红胸鸟或飞或歇

在你顶礼膜拜的背影里寻找
四月，你把我交给春天
到了秋天，栈道把我拦腰抱起
和晨练的人一起被放置在城市上空
回忆是一条追逐春天的鱼
把时间深深地刻在乌石山口
打捞的渔夫乘兴而归
守护草木枯荣、古塔和蓝天

在天马山的种植园里
红胸鸟用力踩响木质栈道
却没能唤回皈依春天的种子
古寺外，一树梅花温润的微笑

龚明振的诗

龚明振　福建福安人。中文系1995级学生，南方文学社社成员。1997年去世。

我将带一盒粉笔回来

——回母校偶感

任我的手指摩挲出一层厚茧
那些往事不再回来
只用粉笔写一些模糊的记忆
木门紧锁闭住了几季的语言
一扎：时光漂白的动作里
我看见恩师的面容清晰地在黑板上凸现

我将带一盒粉笔回来

尘封的玻璃窗里
那些树种曾发芽毕剥有声
眼前的雏燕细语托来谁的问候
让核桃里的许多营养发芽还是永远保密
大师亲切的目光从镜框里投向我

我将带一盒粉笔回来

恩师的眼眸宛若十月的麦芒
注视我直到无法承受
我的十指能否如铁栅栏
树立在那片盛满清水的麦田
请让我的手势保留千年

我将带一盒粉笔回来

张嘉泉的诗

张嘉泉　男，1977年生。文学院1997级学生，曾任《闽江》主编、南方文学社代社长、水鸟诗社社长等职。

一棵树以纸的形式飞翔

一张纸突然感到一阵风的激动
从打印机上飞起
去寻找丛林里的故乡

纸样的天空下
没有落霞，也没有孤鹜与它齐飞
它看到的河流都不在流

它曾是站在林间的一棵树
无数次梦想自己可以自由奔跑或飞翔
如今它成了一只白色的怪物
在空中四处飘荡

除了森林里的那些花，那些露珠
还有谁更关心一张纸的命运

打印，揉皱，撕裂，践踏
无数想飞的纸
承受了太多的疼痛

此时的一都，依然有月光如此美丽
我铺开洒金的宣纸
轻柔地写下这一首诗

不知这聚乙烯化纤做成的羊毫
是否辜负了一张纸最小的希望

2013 年 5 月写于一都诗人村

在 路 上

我绕道而行在死亡的路上
回到自己的月亮

阳光照弯了腰
照亮了黑夜的翅膀

林木的吼叫抖落了叶子的死尸
天空的喉咙里有浓痰在酝酿

窗户的翅膀被风吹裂
米黄色的山路开始寻找新的情人
秋天的眼眸里堆满火焰的尾巴

我用一只手捏破你迟到的泪水
门外有人在叫唤天亮
眼镜跌碎的那个黄昏
月亮吐了一口浓浓的秋意

鱼在夜里想象油锅的光滑
猛虎的梦里有蝴蝶翻飞的忧伤

1999 年秋写于长安山 17 号楼

在海边扛石头的惠安女

从母系氏族克隆出来的女子啊
月光与浪花编织的银腰带依然
依然静守你一弯金黄的海岸

听懂了石头与贝壳的召唤
你固守亘古的坚强
漫飞的头巾裹着
海风与礁石的约会
裹着心与石的私语
裹着眼睛
两道不曾愈合的伤口
任石质的泪滴
溢满你尚未醉过的酒窝
任酒窝悄然旋转爱的旋涡

有多少次倾听

便有多少次沉默的呼唤
当比浪花更咸的泪花
点燃了石纹里火花的忧伤
我仿佛听到你心海深处
最温柔的一声喟叹

与苦难的盟约还有千年么
你咬紧牙关毅然把命运扛在肩上
沿斜阳流去的方向走进险滩

2000 年写于崇武古城月牙湾

诗经里的女子

诗经里健壮的女子
陶罐一般的女子
在山谷里跳跃

太阳照亮你浑圆浑圆的乳房
就像月亮纯朴的脸庞

坐在山洞晒太阳
诗经里的女子晒太阳
鲜花从你脚尖
一路开到天边

青了又绿绿了又青的山谷呀
诗经里跳跃的女子

1997 年作于师大学生街一号公寓

黄宗贤的诗

黄宗贤　文学院 1997 级学生，南方文学社成员。现为福州铜盘中学教师。

克尔凯郭尔

就如同冬日里的梅花
静静开放在北欧花园
迎接生活与时代的春天
哥本哈根的喧嚣日夜将你环绕
你独守寂寞不计回报
安徒生的童话已经戴上不朽的桂冠
对你毕生的工作还需要一个世纪的读取
没有人授予你桂冠
即便授予你也是荆棘编成不堪其苦
说什么被创造就是有福
未来的道路上存在就是痛苦

贝　壳

波浪滔滔，河水濯濯
我是一枚坠入爱河的贝壳

你常在河边走
为何不带走我这一枚贝壳

故人入我梦

这个冬天白雪没有降临
等待春风带来佳音
我梦见一位友人的造访
带上他五六岁的女儿欣欣

欣欣月儿般的脸蛋漾着可人的笑容
星星样的眼睛多么迷人
欣欣依偎着友人很少说话
偶尔撒娇似地把小脑袋放在他爸的手心
又从他爸的指缝里偷偷看了我一眼
便连忙把目光收回，仿佛昙花一现

吴智勇的诗

吴智勇　男，1977年生，教育硕士。中文系1997级学生、南方诗社成员。曾与大学同学张嘉泉等创办福建师大水鸟诗社，并任《水鸟》主编。现任教于福建南安国光中学，曾发表过诗作若干，教育教学方面论文二十多篇。

情绪一种

我的身影
被阳光
狠狠摔在地上
铿然有声
回荡在城市的上空
而高楼的影子
砸伤了我的目光
我看见一大片的庄稼
在远处疯狂生长
当逝去的童年
在晚归的牧笛中
又向我走来
母亲噙着泪水
用炊烟把暮色涂满

1997.10

某个春夜

纤细的雨
如同冰凉的手指
戳中心房
惊飞的思绪
仿佛一只夜鸟
在黑暗的树林里逃窜

老旧的一号公寓
我站在窗前
面对着沉默的长安山
猜想
昔日的那个少年
此刻或许
正心绪纷纷如雨

1998.3

在故乡之外

对于习惯眺望远方的人们
远方　或许可以满足
某种幻想

那里花枝绚烂
向阳的山坡
青草温润并且多情

阳光像极你的小手
温情地抚过周身
从春日里流淌而来的水
散发着野百合的芬芳
远行的鸟在微醉中
或许会忘记飞翔

栖身在故乡之外
眺望的眼神
有时会把异地的炊烟
当成风景
独自陶醉 独自吟唱

1999.10

致神秘的朋友

谁在我们的身外
时远时近地徘徊
留下一些不可感知的句子
好让我们揣测他灵魂的温度

冥想中的我们
像亲密无间的朋友
这个时候
阳光和落叶
是可以随时触摸和感知的存在

我们握手、交谈
甚至激动万分
神秘的朋友
你面容瘦削
眼里闪着细腻的悲哀

你高歌或者浅唱
不时在词语深处隐藏
而我目光凝重
思维呆滞
只能落空企图破译
某些心事的奢望

1999.10

涂雅丽的诗

涂雅丽 中文系1998级学生，南方文学社成员。业余喜欢涂涂鸦，跳跳舞，垒方块字。有散文、诗歌、小说发表于省市报刊。系龙岩市作家协会理事、龙岩市散文学会理事。现为龙岩高级中学一级教师。

存　在

一尾尾游动的鱼
目光的鳞片
在水中写意的飞
匍匐在水中，还是站在岸上
都在注销肤浅的欢乐
有天堂但是没有道路
你以浮云的姿态，骄傲地寂寞着

天空低垂着眼睑
你瞪大着眼睛
却没有泪
一翕一合的嘴
为现实作证
潭中的鱼
会不会吟诵有关海的诗句

一条河流的往事

一条河流从我的眉心上流过
亘古走来汀州的往事
卧龙山酣然枕风入梦
四角的风雨亭将云烟锁进厚重的城门
青瓦高低　参差成不同的诗行
随便弯腰就会捡拾唐砖和一片文明

支起耳朵听到灯盏糕飘香的呼唤
“么要胖糕”编织着第一缕的鸡啼和曙光
惠吉门边浣洗的客家母亲
眼光漂洗着昨天和今天
开在水一样温柔的肩头
堤岸边的鸟鸣　依然悠远明亮

一　棵　树

岁月垂落指尖
河水在眉心萦绕成低吟浅唱
落下一滴清脆的鸟鸣
我捧在手心凝望

一棵树站成千年
找寻一沓时光和几丛记忆
生命行走停歇

风干的躯干依然表情丰盈

黄昏披着霞帔穿着嫁衣
晕一脸羞红于天边
奔涌的流年
在记忆里沉淀成狂澜

陈俊达的诗

陈俊达　男，1982年生，福建惠安人。地理学院城乡规划管理专业2001级学生，南方文学社成员、《长安文化》主编。诗歌、小说、随笔散见于《诗歌月刊》《芳草》《福建文学》等报刊，发表艺术评论数十篇。主编出版《2001-2005年福建大学生诗选》，著有个人艺术评论集《高雅地媚俗——并与手艺人谈美》。现任福建省手工艺协会驻会常务副会长、德化陶瓷职业技术学院客座教授。

赶石头的人

我在我的路上等着，预料总有什么一定会发生，
例如突然的一阵风雨，夜的黑，或者万里无人。
心里总有着一些清亮如水的东西，即使仆仆的风尘
也未能覆盖，甚至使光芒有所暗淡，一颗石子依然
安静地坚守着被洪水冲刷的河谷，散发某种可以让人
安静下来的包容力和春天的绿芽一样柔嫩

病了的夏天

又咳嗽了。外面的太阳虽然厉害，
需要不断喝水降温，重伤风依然

不适合在空气的流动中穿白衬衫
或者藏进口袋里，老老实实地坐在窗口
玻璃的光泽也染上皮肤的蜡黄色，
有些暗钝，失去了以往惹人的水嫩，
唯一还带着湿润迹象的就只有眼睛了。

看，窗外的景色多么好，一片树叶
贴在你的额头，就像秋天的样子。
没有睡眠的两性人开始在墙上爬行，
跳进相片，将过去杀死，微笑如血，
幻想已经夸张成一只四处结网的蜘蛛。
光没有边缘，割不动黑暗的脉络，
但是潮了的眼睛看得见天鹅在你的头顶舞蹈。
镜头变换，由黑白转为黯蓝的背景，
窗后的人看的倦了，不小心打了个哈欠
脸从此就被玻璃上的水气模糊，如染伤寒。

之后的季节都开始泛黄，之后病了风景，
之后每当你看到仙人们，就闭眼祷告。
夜有老头站在床前，抽水烟，晒月亮，
他种植草药的缓慢让你无奈，咳嗽依然。
携带着书籍和许多的罪，你在沙砾上行走
寻觅一种味道，类似于已经腐烂的骨头。

这纯属一场莫名其妙的风景，
我的影子出没在这病态的风景之中。

十二月十九日。晋江黎明

——再寄 SY

这么多年以来，关于你的思念
围绕着水长出高高的蒿草
中心安静。一件格子花衫招摇
主人沉睡了许久，没有察觉到
热烈的注视将她抚摩，拥抱。
动作始终如一，定格了微笑，
腼腆使我目不转睛一千个日子。

今天凌晨随着鸡鸣往事汹涌而来
淌过太平洋的海浪，从深沪湾登陆
和黑色的空气一样淹没了我，
同时还被寒冷包围，昨日挂满咸味
铺到在身旁，一同等待阳光
温度将停止我因为你的颤抖
也让我能够一步穿越晋江。

十二月二十五日。侦察

应该有一条瀑布冲刷此刻的喧嚣。
谁手举高脚杯将葡萄红荡漾，
整个大厅都是晕眩的颜色，角落发出笑声
击中唯一的空白，那正襟危坐着的沉默
俯视每次碰杯的火花，长着同一张脸
用相似的表情热烈拥抱和祝福，然后

穿过一条街道并歌唱，它置之不理
慢条斯理地梳整被风吹乱的羽毛，
或者等待那湍急的水卷走迷雾与暗淡。

福州，晋江，城市之间冬田犹绿，
几个小时里我在两点转换位置，
一片叶子的距离，只能用一次穿越
改变身体的姿势，埋伏在时间的内部
蕴积发起革命需要的力量，背包里装着
诗集为具有野心的沉默做掩护。
另一个我认真地观看这一切的小秘密：
我想在沉默中爆发，我没有阻止我的叛逆，
我和我毫无关系地履行各自的使命。

关　　系

一些不能说出的秘密
每个人都已经深知
就像是刚从井里打上一桶水

不必正眼看
谁都知道对方的表情
穿了一件什么样的外衣

邱美煊的诗

邱美煊　男，笔名寒枫，1983年生，福建上杭人。文学院2002级学生，南方文学社成员。著有长篇小说《只许浪漫不许风流》，散文集《有一种情感永不泯灭》，散文《从容赴死犹如一场盛宴》获福建省第五届百花文艺奖三等奖。现为龙岩学院讲师。

秘　　密

女儿跪在床前，笨拙地
给抽屉装一个锁
锤子敲皱了她的眉头
嘴还紧锁着秘密

这个带锁的抽屉
关着芭比娃娃，同学送的生日卡
我受了伤的心
她妈妈说，看她新买了日记
却不再说心事给她听
想试探点什么，却被狡黠的微笑
挡住了声音

上了锁的抽屉

里头藏着什么秘密
她把钥匙藏在哪里
成了我们深夜失眠的问题

我们命中注定
该目睹这场大雪，掩盖所有的秘密
一行脚印从抽屉出发，走向远方
向北，越走越大的脚印
是隐秘而沉重的忧伤

瘦 月 亮

年轻的你，悄悄写下
最后一个故事
然后远离了钢筋水泥的过去
安详的写诗
我盼望有一场雨，温暖记忆
最好再来一壶酒
可以和从前把酒言欢
谈论山坡上的瘦月亮

清明的天是一片海
乌云是浪花
积蓄许久的眼泪
等待那个时刻到来
你离开已经很久了
我还在写故事

惦记天边的你和瘦月亮

命运是什么东西
胡乱涂抹一本破旧的回忆录
那些笔迹改花了你的微笑
和一部分情节
跟你远走天边还有老人和白鹤
都住进了山坡上的瘦月亮

每一个细节都有让我们迷路的可能

生活远离了肥皂泡般的剧情
它说雨天才适合悲伤（见鬼去吧），
你并不知情的　我不为人知的愿望
藏匿在赤裸裸的表白之外
这是一张苍白的蛛网，交错纵横着
爬行着苍老的隐喻
迷宫一般的旅程，让所有奔走黯然失色
一只孤单的燕子在生锈的栅栏上
逗留过，然后像燕子一样飞走，不再回来
他们看见的，追求和迁徙一样毫无意义

窗外是静寂的花园
却没有一只蝴蝶栖身花朵之上
这是明媚的一天，天气晴好
而蛛网如生活
每一个细节都有让我们迷路的可能

我在掌心寻找爱情

我在我的掌心丢了爱情
在唐诗里诞生
喝宋词的奶水长大的
女孩，在我的身旁
绽放如一朵水仙花

我的爱情走失在我的掌心
那个女孩在春天发芽
夏天长成大姑娘
我在对秋天的幻想里丢了她

掌心盛不住我的爱情
我在鲜花里守候她
我在荆棘里寻找她
我还在失败里爱慕她

我在掌心寻找爱情
我在掌心寻找枯萎的水仙花

陈晓东的诗

陈晓东 男，1985年生。文学院2002级学生，大学期间参加南方文学社、纯粹诗社，开始从事诗歌、评论写作并发表作品。参与主编《2001—2005福建大学生诗选》。毕业先后在《海西晨报》《海峡都市报》等媒体任记者、评论员、专刊主编。现在智童时刻（厦门）科技有限公司担任公共关系总监。

给远方的朋友写一封信

一

给远方的朋友写一封信
就如同
写给另一个自己

二

或许此时的你正手握素笺
帮助一个熟悉的名字
读他淡灰的影子

三

冬天的阳光很明亮
你的身在墙外

头在阳光里

四

我的诗无法大声朗诵
每一个句子的出生
都只能小心翼翼

五

“直到今天，我才知道什么是恋爱的感觉。”
你轻轻地说道。你不知道的是，
因为相距甚远，我曾如此放心地爱你

你爱的羊群终于消失

你爱的羊群终于消失
你系上的铜铃也开出紫花瓣
你扑腾的蝴蝶长成一枚新茧
你把娃娃收起，
把岁月画入容颜

你再次登上那座山
你再次扬起你的脸
你再次路过那个车站
你回头望望
把眼泪和微笑一齐擦干

你还是没有想起

你所思念的远方

你终于走出春天
头发已经长长

你把粉红格子衣裳
悄悄换上

圣　徒

题记　在梦里，我听到了你的哭泣。

你捧着我的脸，把我
带上云宵，我的脚
却陷在泥淖。
我的身体在吱吱作响，
像寒风中破屋的门板
像一棵落光叶子的老树
谁能够拒绝呢，一个
脆弱而敏感的女子，一颗
透明的，精致的灵魂

只是捧起的手会颤抖，心
会颤抖

谁能够保证呢，这样的一个

女子。坚韧的灵魂，像极了
圣徒的模样

只是捧起的手会颤抖，心
会颤抖

新　娘

那男人说
我们要上山
于是女人也上山了
那男人说
我们下地吧
于是女人挽起裤管
那男人说有一天我们可以出海
女人不说话。
女人看见屋后的树林子
有一天，这里会长出一条船

男人看着女人的笑。
男人把嘴巴放在她的耳朵上
头发湿了嘴唇。
男人说，我们从此扎根
女人为他生养了一个女子。

男人和女人看着这女子长大。
有一天女子看见男人的白发

那女人的乳房下垂。
她叫她妈妈。
她问，为什么这样呢？

女人笑得很漂亮。
她又像她的女儿一样
或者说，像她的从前。
女人把头靠在男人的肩上。
女人看着她的女儿
女儿很美
和她年轻时一模一样

有阳光的早晨

清晨，阳光很好
我走在房间里
像走在独立王国
视察每一把桌子、椅子，还有六六的布偶
阳台上的花和晾衣架上的衣服
是不是健康安好，站得是否端正
我是一个耐心的好国王
勤政，爱民
就好像我写的诗里
每个字，每个词
都有属于自己的
正确的位置

可这和多虑的妈妈有什么两样呀！

嗯，不
我才不当词语的暴君呢
还是让诗里的字、词
和这个房间一样吧
希望在哪儿就在哪儿
希望出现就出现，退隐就退隐
勤快就勤快
慵懒就慵懒
反正天下之大，有什么容不下呢
每个词都是自由的
反正阳光这么好，这么暖
一切都是值得的

庄稼的诗

庄稼 女，1985年生。文学院2004级学生。大学期间参加南方文学社、闽江文学社、纯粹诗社，开始从事诗歌写作，在各类报刊发表作品若干。现为晋江市英林中学高中语文教师。

传　奇

一只幺蛾子
扑在灯罩上
拍了拍翅膀
咚咚咚
咚咚咚
梁兄请开门
我是祝英台
梁兄请关灯
我是祝英台

我是祝英台

九　月　狼

九月的狼登上十月深秋的宝座

荒原里两匹三月的羊
瞪大了四只眼睛
其中一匹，叫喊了一声
另一匹，颤抖了一下
七月的风一动不动

九月的狼乜斜着
看羊，也看风
仿佛要穿透十二月的雪
高空盘旋五月的鹰
缄口不语

八个眼神在空气中游离
诱惑十一月沉寂的猎枪
九月盛产狼，更盛产猎人
九月的狼比谁都清楚这一点

九月的狼相信三月的羊
如果出生在二月会比较幸福
不至于彼此孤独了这许久
九月的狼想象微笑，对羊
但始终面无表情

面对十一月的枪口
九月的狼比谁都坦然

一位绝望的诗人
衔起六朵夏花

写下六节诗祭奠九月狼
自己

窗

当我想请
一朵云
进入屋子
我就打开窗
一小部分天空
便挂在了墙上

北极圈内

再往北
一天
北极圈内
我只闭眼一次
睁眼一次
天地的黑夜漫长
消磨我的一生
我的青春缺少阳光
瘦骨嶙峋
体内的马匹桀骜不驯
爱情被安排
与每一个可能的陌生人

渐次相遇
渐次凋零
独自返回时
如我隐忍的父亲

车　站

她坚持把我送到车站
等车来
一如当年
坚持送我到人间

车迟迟不肯来
风来
吹不动
摩托车头盔下
她的发

那白
多得足够
令北方的一场大雪
感到羞愧

清　明

除墓草时
他在祖父的
坟茔上
跳来跳去
仿若婴孩时
他在祖父的
肚子上
蹦来蹦去

吕东旭的诗

吕东旭　文学院2016级硕士研究生，南方诗社复社筹备组成员。

声　音

处于混沌的状态下
便已有惊天动地的气息
九月。太平洋的风暴马不停蹄
它们似乎有摧毁一切的决心、狂躁
尽情摔打钢筋建筑物的外表
我不忍心告知渺小，一张口便是
万物的疼痛，
星辰出没，我无法如鸡鸣般兴奋，
秋天刚过，我不能打破更替的秘密。

父亲习惯了是一位劳作者
他走过无数的村庄，大街小巷
从上个世纪吆喝到繁荣时代
所闻之事崇高若小时的梦境
空洞、幽深，忘乎所以

颓圮的青苔被雕刻得多而散乱

每一次的对话都布满密集的恐惧
要是我们一同感慨无助
站在悬崖边上，或许忍不住
幻想着纵身一跃后的回响

一堆霜白将骚乱引来
证明宽广的事件如出一辙
我们都染上了可怕的瘟疫
渐渐地听不懂语言的交谈
学会虚妄，远离人群才自然而然
夜晚吟唱的安魂曲是安详所在
悲欣交集的过去啊，如月光显现
被埋葬在幼年的沙滩城堡

父亲和我的对视猝不及防
言语的交汇打破了安静，以至于
忘却和时间旷日持久的抗争
误解遭受风暴无情地冲洗
雷电早已昂首挺胸，将绷紧的
声音扩散至深沉的大地。

深　沉

她困惑她需要安慰
她所拥有的一切呈现在镜里

过去的日子潜伏着太多的灵感

以至于写下的诗句填满不幸
“墙角枯萎的花朵是她的裸体，
在恶毒的日光下幻想着亭亭玉立”

潮湿的沙地上写着苍凉
尽可能忘却时间的暴力残忍
在废弃的海洋
蜷卧于荒无人烟的堤岸
收拾着破旧不堪的帆船

卷进了这场突如其来的暴风雨
萧条的风以及嶙峋的岩丛
都在不经意间相遇
周遭的甲板打满了补丁
她将无辜的眼神赠与迁徙

对于过去的春郊野塘
艾草没过膝盖，鱼儿欢畅
循着林岸过去只剩下一片枯黄
一切全然是过去
背影抛给了痴想

心如止水这是近乎她近乎深沉的语言

沙　漏

摆正　堆积永远成了堆积

颠倒　便让流失以秒计

沙漏能做什么呢？
仅仅用来计算时间，或者
阐释抽象的流逝

一直以来，我都不明白
沙漏的发明者抱着怎样的心态。
装饰丢失的悲哀，还是填补空虚的快感？
没人知道答案。

深陷于流沙的残忍，眼神之中
透着怜悯。越堆越高，是一种恐惧
眼神之外，存在着漠然
注定无法逃离。
衰老一开始就是一种情绪，
会以土崩瓦解的状态
扩散至人群。

此时沙漏的上下，一分为二
一半宣告死亡。一半期待着未知。

挽　　歌

一

关上窗户，躲避阳光的纠缠
至今无法说出钟爱秋天的理由

天的另一边。触碰的灵魂——
进退维谷的栖息之所

地球的边缘，我的夜色，我的脉搏
走进这儿，如同少年的饥饿
忧郁的样子在贫穷的脚下赤裸
比想象中要更加彻底

暮色一如孩子眼中玩具的颜色
静止模式下略带荒凉、焦灼
延伸的街道不会告诉世界：
往前走，会变得惊慌手足无措
以至于歌声回旋着凄婉

走失前
几乎是沉默不言
扯平爱和时间的代沟

这时你不再呼唤原点：停留的愉悦
或者伸手可触的梦魇。终于跳出
恶性循环的圈
山谷的柔和恰若谈吐
风吹过就是昙花一现

以灯光的执着抗拒这黑色
像鼻息般平缓，收拾好心情
迎接众人微笑着的吊唁

二

现在，花草不必跟天气的变化
凋零。在世间目睹的不幸
与我毫无关系

而在表盘指针的晃动下
人在匆忙中
来了，走了，又看清

总该会有所不同——注目的眼睛
来之于癫狂，才华横溢
注定会有特殊的表情
满腹的陈词滥语

青山西下，虚无的眺望
在周围不着痕迹
孤独，在影子之间破碎
死亡的预感变得真实可信
如约而至想起了妻子
发髻上的黑白分明
如同我将抵达的领域

谢晓珊的诗

谢晓珊 文学院2015级本科生，南方诗社复社筹备组成员。

知　　止

跟着向前跑
一个不经意的伤口
崭新　细小

停下来的时候
它痛得叫我发狂

久了
却麻木得叫我意外
难道情感
永远踩不合伤口的节奏？

骗　　子

他是个骗子
但他不伤害人

他只是带着面具
在别人面前演戏

每演得一出好戏
他就快活一阵

直到那个人
被他激得无话可说
从此消失

他是个骗子
但某天他收到
“我只是陪你演一出戏”

他才明白
原来他连自己都骗不过。

问　风

某时
该敢把自己账户上的时间
花在放空上
仅什么也不做地
把风听进心里

沿着风

空暗的心房挤进一群彩人儿
它们争先恐后地提问
一浪接过一浪
话筒索性塞进我的嘴里
“你快乐吗”

风在心房里兜兜转转
和记忆打了个照面
掳走了浅薄的快乐
出去时顺便带上门
只剩下实实在在的快乐
裸身和我站着

破　围

高三那年的冬季，
我知道，
我爱看一场雪。
于是，
我沉溺在一画北方的梦里
内心激动得火热，
哪里还怕那清华园。

高二的余闲里，
手间一展报文，
我想，
若能见见报里人，

该有多好，
于是，
我学着转换思维，学着捕捉生活，
努力长大，
想着跨过体制设下的门槛。

而那初来乍到的高一，
我渴望，
期待在另一个城市有一场安定的旅行。
于是，
我笑谈体制围墙，
只是一座城对我的考验。

不错，
有人说，我们生来就是围城里的人
被这体制所囚禁，
但我的围城里。
满是我喜爱的颜色，
绘有笑靥，
绘有花开。

我的夜想

白天是我的战场
到夜里收割战利品

因为看不见的白日焰火

会在夜里绽放

就是我心无旁骛地看着黑暗里
流动的一丝丝感觉
是什么颜色
什么形状
然后再往里探……

冯子航的诗

冯子航 文学院2015级本科生，南方诗社复社筹备组成员。

绿　叶

选一个日光倾城而下的清晨时分
在树叶上
浅浅地划上思念的句点
然后把它折起来，投进时光的邮筒，它会穿越时光隧道

或是往前，或是往后。
不必为它担忧
绿叶写的信总会寄到那只手上的
春天到来时
绿叶会把思念从叶尖传到指尖
夏天到来时
绿叶会把思念将风声改为树声
秋天到来时
绿叶会把思念变红，铺满脚下
冬天呢?
冬天的绿叶会藏起来，随带着把思念藏在心底。
来年，

新的绿叶会过来，再来说着未尽的故事。

杀死时光

杀死时光
原来像杀死比尔那么简单。

在时光的胸口抚摸一遍。
感觉到他心跳的地方了吗?
朝那里一刀下去。
对，就是那!
狠狠地扎上一刀。
扑哧一声
刀刃将划破皮肤。
鲜血淋漓尽致地溢满整个刀片。
到处都是血迹。
滴答滴答地流满了整个地板之上。
可是
没人看见你杀了时光。
你也不会认账的。

杀死时光是一项大罪。
要替时光去死的。
以眼换牙，以头换眼。
蜷缩在角落的你，无路可逃。
被众人送上了基督的十字架。
一枚长钉也钉入了你的胸口。

扑哧一声。鲜血淋漓。

你张开嘴，告诉他们。
你杀死了时光。所以可以永远不死。
人们笑着说　时光不过就是一个人的名字。
仅此而已。
这世界上哪有不死的家伙
只有不死的我们。
生生不息，永远替你们决定一切。

少数就要服从多数。
我们想杀了你，需要借口。

你杀死了时光。
我们便可以杀死你了。

无昼无夜

我最终会老到一脸沧桑,等着自己的身形消散在人海中。

甚至在公交上可以心安理得等着别人让座，然后拄着拐杖躺倒在年轻小伙子身边讹钱。

但是我还是看不到你。

他们说是我瞎了。

我不想相信。

第一天的夜里，梦不见你。

白天是一片灰霾的硬卡，干不了泪迹墨迹。

第二天的夜里，梦不到你。

白天是一张被胡乱涂抹的白纸，看不清思想的丝线。

第三天的夜里，连我的梦也一动不动了。

白天是一卷被手握得紧紧的手纸，上面残留着温度和快感。

第四天夜里，我会躺在一个寒冷的地方，度过我的最后的一夜。

白天像是一个冰冻的钢板，通透至骨，硌得生疼。

第五天白昼，阳光重新布满整个世界，你的笑容成了我那尚未腐烂的眼球里最后倒影。

张亚阁的诗

张亚阁 文学院2016级本科生，南方诗社复社筹备组成员。

未来的我

把十万根铁钉一根一根
拼命砸进我的灵魂，让我从此沉重
不再为固执疲于奔命

把我的热烈放逐到天上的荒岛
让它们拦住过往云烟，重铸新的万物
仍然包括我们所喜欢的
以及我们所厌恶的

我们这一路走来啊
月光叛逆，荆棘蔓延秘密
用花草定义人生
为形式刻画眼睛

有时用孤独打磨长夜
有时回头，有时也睡去
更多的是醒着，寡言

隔岸观花，雾里看火。
我也不必想你
你就自然是我

雨，以及失眠

南方的惆怅多是一种隐疾，
认了口供，故意迎合这种怪癖。
没完没了便难以精致，还好
碎嘴胜于聒噪。
夜深得处处都藏得下我，
毫无休止的落雨更像是一种暗喻，
它们每一滴，每一滴都在寻觅
它们每一滴都在寻找我。
明灭不停的方式，谁都和谁不一样
可我只有一个，一个就是唯一
我的孤独也只有一次，一次就是一生
我心脏跳动的频率也只有一种，一直到死
只有命中注定般的相信，或者迷信
才能与我、与我的精灵，神交、对视
呵，苍天在上，底下遮的是漫漫长夜
它和我们不同，它从不为孤独哭泣
它有着同死亡一样被支配的设定，
我可以高举今夜的雨为例，
倘我长眠梦里，便可能错过那滴寻我的雨
可是它没有来，我还在等待。

春 天 里

这里的春天总是自卑，来得分外小心
我尚围着残雪取暖，衣以冬日剩下的月色
阳光趁机布置骗局，
我都要一次一次地认真上当
渐渐地，一些事物开始清晰
但我依旧做着各种心情的尝试，
只是想，给你讲一个完整的春天

也有恶意，来自不绝的雨，绵绵如啜
有失痛快，当慨我以痛哭流涕之慷
须盈樽，须散发，灌已烂醉
如此，雷霆必有万钧，雨落个如柱
如此，忧心的事才能一次被洗净

但是，春风沉醉，无意间有所冒犯
我看到这非刻意的浮沉好似历史的大起大落
当然，更像人生一些——气温线，阴晴表

真正灿烂的时候，脱口成诗
脱口便忘，也会有不知从何说起的快活
晴耕雨读，假装命运之轮辗过我的双眼
春天的列车便从我眼里发车，
总是搭晚、搭早
我也并不觉得烦恼，不急不缓的
春天有时是很漫长的，从温柔到热烈
而我们，不可能总是刚好遇见

枯　山　赋

一

七月流火，时间的醒悟
蝉鸣试探，丢出一片叶子
风里藏着剑，拔刀相向
眼见暮日倒退，退回颓圮
雁双来，落花流水共赴天远
还没想明白，先大哭一场
是子于川上叹的悲

二

夜从不轻易动声色
提着竹篮打捞月光，借张蛛网
掩藏自我。何苦!
山更沉重，它担负的是生命的常态
和一些对抗，咽不下去
——也吐不出来了
我不是说长草长花，然后死去
我是说八月回雪，九月春风

三

游天姥兮踟蹰，谢公屐不堪此行
物与物在回忆里相互印证
一阕词说谎，诗谎话连篇
秋风连起悲凉，举目四顾
无敌，无亲
望北，雪的孤注一掷

顾首望南，楚天徒悲
青山老矣，天下的空悲切

四

青山老矣，负谁一梦
旧话泛出了新色
可是没有梅花，闻所闻而来
败兴而归，太白狂饮至死
历史小憩，一瞥，大怒
弹剑而鸣，长歌当哭
一生都没明白的事，一夜顿悟

五

我眼见他起苍黄，接星宿
整衣冠兮迎风，饰兰芷兮奉龙
也曾睡风流觉，为五十年兴亡作证
款款懿容，卿有嘉德
只待龙蛇起陆，曲奏易水寒
春秋的交替，此歌
你唱得，唱不完

六

人夸好颜色，清白在人间
一幕幕的后悔构成生命
枯山独留，长歌不复
顽固砸不破轻纱布
我把山风绕万匝，重新构思生命
落雨的时节，人人痛哭

雷鸣失声

七

异乡客，莫忘了早归
重逢总是隔着生死
天行有常，我们便看着
只怕是也有异，不置一词
——这是万一之万一
行到了水穷处，坐看云起
有时也想着，登高赋诗
望着天下人

火 车 窗

重梳脉络
一路捡拾疮痍
看山非山，假装欣赏月色
只有夜色——与山从不是世仇
如果是，也会在我的注视下握手言和
生活剥开形式外衣，胜于沿途风景
我所快乐的，正是被遗忘的
如独酌，对饮，或者空樽邀月
临窗捋平往事，遏匆匆过往之云气
寒梅著未？寒梅落也？
不须答——
我从惯常逆旅里走出
是那人间不落脚的归人。

曾丽红的诗

曾丽红　文学院2016级本科生，南方诗社复社筹备组成员。

我想去哥斯达黎加潜水

我想，我想去哥斯达黎加潜水
心怀虔诚，一声不响
轻轻地滑入一个蓝色的拥抱
感受体温像花瓣一样散落
直到冰冷与幽寂将我的骨脊刺穿

我想，我想去哥斯达黎加潜水
在神秘的科科斯岛
甩掉虚假的温度
做一尾寂寞的红唇蝙蝠鱼
把疼痛的灵魂化作死尸埋在斑斓的珊瑚丛里

我想，我想去哥斯达黎加潜水
携带一嘴气泡，游遁于深海汪洋
追踪双髻鲨那非凡的身型
哦！这些海洋中贪婪的掠食者
被人们冠以暴君的秉性

我却在寒流裹挟中
爱上它晶石般纯净的眼睛

那眼睛是阳光折射在海里的光影
是挥动着透明翅膀的精灵
如果人们不举起鱼叉向它们挑衅
温情就会像珍珠一样从它的双眼流出
流出，再溢满
盛出一杯诗人的情怀

哦！亲爱的小怪物
如果可以
我要立刻告诉你
我好想，好想去哥斯达黎加潜水
陪你去到无人的海域
完成一次换季的迁徙
交换一片心灵的安宁，洁净

波西米亚少女

波浪蜷在发梢细长垂下
散落在腰间的
那水草的油亮
别上了一朵雏菊的淡雅
梦中有阳光一样自由的芬芳

瞳孔流出兽的单纯

松针一样的睫毛
俏丽的轮廓镀着迷离的闪耀
对视中席卷而来海风的味道

她的纤足亲吻大地
层层叠叠的裙裾
在旋转翻飞中带走了一切
她是风情的异域
她是波西米亚的少女

等　待

星星在头顶转成一个光圈
黯淡之后留下混沌
月光孤独地播撒
冷入骨髓的清光，
和刻骨铭心的思念

火车的轨道依然是那个方向
呼啸而过时留下狂风暴雨
熄灭了零碎的祈盼
滚落到潮湿的街边
那是流浪汉小心捡起的烟蒂

城市的灯火究竟为谁璀璨
是来去匆匆的你
还是原地驻足的我
当最后一粒星光也被吞噬

你看到了吗　今夜的路灯竟如此昏暗

如果黎明能够早点到来
我会像雨后的山峦晴天
但我没有看到曙色
就像我找寻不到落在窗边的你的脸
煎熬　煎熬
为什么爱　必得等待

一个圣母院的梦

时间的踵音渐次响起
弹起一个个绚丽的梦
哦，是千奇百怪的记忆
被圣母院的敲钟人埋在心底

铜钟的轮廓像女神的腰肢
迎着晨光左右摇摆
坚硬的裙裾镀上金边
在清澈的叹息中发出破碎的足音

丑陋的面孔只属于地狱
年轻的骑士闯进波光的瞳孔
碰撞后留下火光
扬起灰烬向看不见的远方飞去

爱情的烈焰燃起复仇的柴火

烧尽一双双罪恶的手
哦，是百年孤独的漫长
被相拥的残骸记录在钟楼的梦里

编 后 记

伍明春

不知不觉间，我回到母校工作已经十多个年头了。重返长安山，最大的好处就是能身临其境地回忆青春时光。老校部民国建筑群、文科楼、图书馆、长安山公园、青华路……这些满载情感和记忆的师大文化地标，都具有一种独特的精神气场，让我空闲时总乐于徜徉其间。不过我也深知，母校就像文科楼前的那棵大榕树，我回来工作不能仅仅为了能在榕荫下乘凉，更应该为这棵大树松松土、浇浇水，让她枝更繁、叶更茂。我和曾章团师兄合作编选的这部《诗想长安——南方诗社作品选》，正是献给母校 110 周岁生日的一份礼物。如今，71 位南方诗人在这里集结，正整装待发，以诗歌的方式向母校致敬。

福建师范大学南方诗社创立于 1983 年，在一代代南方诗人的努力下，取得了不俗的成绩：创社之初就推出全国第一份铅印大学生诗报《南风》，在全国大学生读者中产生很大影响；不少社员在《诗刊》《星星诗刊》《飞天》及“大学生诗苑”栏目等名刊、名栏目发表作品；不少社员作品在全国性创作大赛中获奖，入选各种权威诗歌选本……这样的成绩，对于一个偏居东南一隅的地方性大学的诗社来，可以说是来之不易的。我们也看到，在创作实绩之外，从长安山走出去的南方诗人们，在各行各业的岗位上也表现突出，不少人已经成为业界的领军人物。他们之所以能脱颖而出，除了具备过硬的专业素养之外，我想，始终葆有一颗不老诗心，也是他们走向成功的内在动力。

1990年代中期，为吸纳写作诗歌以外其他文类的社员，南方诗社一度更名为南方文学社，但诗歌创作一直是最突出的特色。不过，随着文学被边缘化的问题日益突出，大学校园文学创作氛围也日渐清冷，大约在21世纪初，南方文学社宣告“停摆”，此消息令人嘘唏不已。幸运的是，两年前，当我们提出复办南方诗社的初步设想时，文学院领导明确表示将给予大力支持，建议重建南方诗社这一校园文化品牌，使之与文学院既有的《闽江》刊物结成校园文学的双子星座。于是我们开始策划、编辑这部作品选，以之作为复社之前的“热身”。目前，在各级领导的关爱和各位热心老社员的力挺下，南方诗社复社工作正在紧锣密鼓地进行。我们热切期待着全新南方诗社华丽回归，让诗歌的韵律和闽江的涛声遥相呼应。

这部作品选在编选过程中得到了各位师友的热心支持，在此谨向他们一一致谢：南方诗社的两位指导老师孙绍振教授、王光明教授欣然为我们题写寄语，勉励关爱之情，一如既往；郑家建、余岱宗、李小荣、李建华、应贵勇、李彬源、何君等领导和老师为我们提供了很多建设性意见；海内外的南方诗社兄弟姐妹们为我们奉献出自己最精彩的诗歌文本；画家李永新校友特意授权以他师大仓山校区系列写生作品《原乡寂思》作为本书插页，演绎了“诗中有画，画中有诗”的新可能；海峡文艺出版社副社长林滨校友和他带领的编辑团队，为这部作品选付出了专业而高效的劳动。

深深祝福南方诗社，愿诗歌像温暖的南风，慰藉我们久羁于尘世的灵魂。